U0512993

竹軒瑣語

梅松 著

魯九喜題

上海古籍出版社

**图书在版编目（CIP）数据**

竹轩琐话／梅松著. —上海：上海古籍出版社，
2015. 10
ISBN 978－7－5325－7681－4

Ⅰ.①竹… Ⅱ.①梅… Ⅲ.①散文集—中国 Ⅳ.
①I26

中国版本图书馆 CIP 数据核字（2015）第 135521 号

**竹轩琐话**

梅 松 著

上海世纪出版股份有限公司
出版
上 海 古 籍 出 版 社
（上海瑞金二路 272 号 邮政编码 200020）
（1）网址：www. guji. com. cn
（2）E－mail：guji1@ guji. com. cn
（3）易文网网址：www. ewen. co
上海世纪出版股份有限公司发行中心发行经销
浙江临安曙光印刷有限公司印刷
开本 850×1168 1/32 印张 5.625 插页 3 字数 110,000
2015 年 10 月第 1 版 2015 年 10 月第 1 次印刷
印数：1—2,100
ISBN 978－7－5325－7681－4
J·510 定价：28.00 元
如发生质量问题，读者可向工厂调换

# 目　录

# 关于柯九思

　　姜一涵先生在《元代奎章阁及奎章阁人物》中说，奎章阁的兴废便是"政教设施大都因人而设，亦因人而废"一个很好的例证。元文宗受鲁国大长公主祥哥刺吉的影响，能书能画，在元代帝王中是最为风雅的一位。奎章阁的缔造者即是元文宗，而规划者是虞集，但象征者却是柯九思。所以后世提起奎章阁便不得不令人记起柯九思，说起柯九思便不得不谈到奎章阁，二者俨然一体。

　　奎章阁始创于天历二年（1329）二月（一说三月），至元六年（1340）十一月改为宣文阁，前后历时近十二年之久，可分为两个阶段。前五年，由于元文宗所抱的文化理想，加上儒臣如赵世延、虞集等策划，艺士如康里巎、柯九思的声光映辉，文学如揭傒斯、欧阳玄、苏天爵、宋本、李洞、王守诚等的风流儒雅。一时之间文采焕然照耀于殿廷内外，使得整个元代的文风也为之一振。然而好景不长，元文宗于至顺三年（1332）八月卒，次年六月顺帝即位，大权逐渐落入宰相伯颜手中，于是"奎章阁立刻从群小追名逐利的中心，一变而成为'花落春深锁阁门'的凄凉景象"（姜一涵《元代奎章阁及奎章阁人物》）。而在这段时

1

间内，柯九思的人生亦随之历尽了天上人间这样落差极大的悲喜变幻，这却是柯九思始料未及的。

一

柯九思，字敬仲，台州仙居（今浙江）人。其父柯谦官至江浙儒学副提举。柯九思"以父荫补华亭尉，不就"（徐显《柯九思传》）。但不久，他在宋宗室僧赵惇（朴庵）的引见下，以写竹得到了当时尚是怀王的图贴睦尔（即后来的元文宗）亲幸，并且相互之间建立了超乎寻常的友谊关系。天历元年（1328）十月初，柯九思授典瑞院都事，阶七品；次年四月，跃升为从五品；再半年馀，特任为鉴书博士，阶正五品。因此，在奎章阁中，柯九思也仅属三等职位，但因他和元文宗的关系，实际上所得到的宠信却无与伦比，超越了在朝的许多人，包括一些封疆大臣。因此，在至顺二年（1331）六月，柯九思就受到了御史台"性非纯良，行极矫谲，挟其末技，趋附权门，请罢黜之"（《元史》卷三十五《文宗纪四》）这样严厉的弹劾，却也是在预料中的事。

柯九思之所以会有如此的结局，姜先生在书中探究其原因主要有三：其一，奎章阁的设置剥夺了翰林、集贤诸院的职责，且元文宗每日流连于奎章阁，毫无疑问地减少了其他近臣接近的机会；其二，奎章阁兼职的高级阁员犹未能见容于其他侍臣，更何况虞集、柯九思等日夜侍从者；其三，柯九思以布衣起身，却于一年馀内累擢五品，自不能服人，又加以与文宗日夕厮混，互相投赠，尤犯人臣之大忌，更何况柯九思又不自警，因此授人以把柄，自是难免。当然，另外还有一个最为重要的原因，就是柯九思参与了文宗的家事，即"尝上言建储"（王舟瑶《柯九思传》）之事。

元代的帝王之争之乱，堪称历代之最，如元文宗也是因弑兄（元明宗）才得以登上帝王宝座，但旋于至顺三年（1332）八月于壮年之时崩于上都。可见亦是非正常死亡。因此，以洋洋巨论言及"建储"一事，毫无疑问会惹下杀身大祸的，即便有元文宗的周旋，也是难免外放。以致元文宗不得不对柯九思说出了"朕本意留卿而欲伸言者路，已敕中书除外，卿其少避，俟朕至上京宣汝矣"（徐显《柯九思传》）这样无奈之言。终于，在诸大臣的内外夹攻之下，柯九思惶惶如丧家之犬，流寓于吴中。而此之前，虽然柯九思也曾提出"愿乞补外以自效"（同上），但终究为时已晚。柯九思退居吴中之后，"诵其所为诗文，呜咽流涕"（同上）。

关于柯九思此种患得患失的心境，徐显解释说："夫人情群居相聚则欢，相离则思，况以布衣获人主之知，抱乌号而无从者乎？此亦人情之所至悲也。"（同上）幸好吴中多才艺之士，可以一起倡风雅之道以消忧，如退居后的柯九思与倪云林就多有唱和，便是一例。

至元四年（1338）《十二月丹丘柯博士过林下赋诗次韵酬答》，倪瓒有"倾盖何必旧，相知亦已深"（《清閟阁集》卷一）这般的表白之言；后来，倪瓒在《晨起一首寄丹丘》中又有"多病马卿非不遇，归田陶令自忘言"（《清閟阁集》卷四)的劝慰之语；更甚的是至正五年(1345)，于柯九思去世二年之后，倪瓒还有《三月六日同李徵士游禅悦僧舍，礼上人出柯博士所赋诗以示仆，而博士君殁已二年，展诵为之悽断，因次弟其韵于后》(《清閟阁集》卷四)这样深情款款的诗。此言此景，皆一一可诵。

据杨瑀《山居新语·记柯九思等得暴疾之因》云：

> 士大夫因其闻见之广，反各有所偏致，有服丹砂者、服凉剂者，服丹砂者为害固不待言。余以目击服凉剂者言之，友人柯敬仲、陈云峤、甘允从三人，皆服防风通圣散，每日须进，一服以为常。一日，皆无病而卒，岂非凉药过多，销铄元气殆尽，急无所救者欤？可不戒之？

关于防风通圣散，刘完素《宣明论》卷三中提到，其组成为"防风、川芎、当归、芍药、大黄、薄荷叶、麻黄、连翘、芒硝各十五克，石膏、黄芩、桔梗各三十克，滑石九十克，生甘草六十克，荆芥穗、白术、栀子各七点五克"；而功效则为"发汗达表，疏风退热，泻火通便，解酒，解利诸邪所伤，宣通气血，上下分消，表里交治"。故按传统中医所云，其主要用于风热郁结，气血蕴滞等症。然柯九思服用"防风通圣散"，不独是追慕晋人之风气，更是因为身体有不适症状的产生，而这又未尝不与其天上人间的境遇有关。据现代医学研究也证明，心情的极度变化，长期的抑郁易导致循环系统和消化系统的病症，而他的"无病而卒"，又岂不是最好的解释？

在奎章阁中，元文宗与柯九思的关系最为莫逆，元文宗不仅常赐字画于柯九思，柯氏亦常献字画于元文宗，文宗又复赐予柯氏，此种亲昵爱重的关系，难怪要引起人诟病。如天历三年（1330）正月十二日，元文宗驾御奎章阁，命柯九思取家藏《定武兰亭》"五字损本"来观览，文宗见之不但称善不已，而且还"亲识斯宝，还以赐之"（虞集《记柯九思藏定武兰亭五字损本》）。同日，元文宗又将赫赫名迹王献之的《鸭头丸帖》赐给柯九思（虞集《记赐柯九思鸭头丸帖》）。又至顺元年庚午（1330）端月廿五日，元文宗到奎章阁翻阅图书，一高兴，又特地从内府中择出李咸熙的著色《寒林采芝图》赐给柯九思，以嘉奖其"精深鉴别，古学渊源"（虞集《李成寒林采芝图》）。又《曹娥碑》本为柯九思旧藏，后献于奎章阁，而在天历二年四月元文宗又复赐给柯九思（虞集《初题曹娥碑》、《三题曹娥碑》）。诸事之多，简直举不胜举。

由此可见，君臣之间的此种行径简直情同游戏，难怪要惹人猜忌了。这些都可以看出元文宗于柯九思厚爱之极，但其前提还是建立在君臣之间相得宜欢的情感基础上。所以陶宗仪《奎章政要》中说"文宗之御奎章日，学士虞集、博士柯九思常侍从，以讨论法书名画为事"（《辍耕录》卷七）实为不虚之事。于此可见君臣之间，倒是真风雅。因而御史台"性非纯良，行极矫谲"的弹劾，一定有悖于事实。

奎章阁中，柯九思与虞集关系最为默契，"盖柯作画，虞必题"（陶宗仪《辍耕录》卷七《奎章政要》）。所以张雨也有诗云："侍书爱题博士画，日日退朝书满床。"（同上）柯九思《春直奎章阁二首》云：

> 旋拆黄封日铸茶，玉泉新汲味幽嘉。殿中今日无宣唤，闲卷珠帘看柳花。
> 春来琼岛花如锦，红雾霏霏张九天。底事君王稀幸御，儒臣日日待经筵。

诗中所流露出来的，正是他与虞集等人饱受文宗恩赐、宠幸的自得之情。《南村辍耕录》卷十四《记虞集寄柯九思风入松赋》云：

> 吾乡柯敬仲先生九思，际遇文宗，起家为奎章阁鉴书博士，以避言路居吴下。时虞邵庵先生在馆阁，赋《风入松》长短句寄博士云："画堂红袖倚清酣，华发不胜簪。几回晚直金銮殿，东风软、花里停骖。书诏许传宫烛，香罗初剪朝衫。　御沟冰泮水挼蓝，飞燕又呢喃。重重帘幕寒犹在，凭谁寄、锦字泥缄。报道先生归也，杏花春雨江南。"词翰兼美，一时争相传刻，而此曲遂遍满海内矣。

虞集虽为道学家，然赋作长短句却如此语意绵绵，足见其中实有深情。

# 二

陶宗仪《书史会要》卷七说柯九思:"能诗文,善鉴古器物、书、画,亦善书。"朱德润《祭柯敬仲博士文》也说:"尝与笑谭今古,狎弄杯觞。米家画舫,柯氏秘藏。发缄题于十袭,探古雅于奚囊。"将"柯氏秘藏"与"米家画舫"等提,足见柯九思家藏之富,然富藏之前提则需依赖于高明的鉴赏能力。据徐显《柯九思传》说,柯九思在奎章阁中任鉴书博士之职时,凡内府所藏法书名画,都命其鉴定。书画之外,柯九思又擅长鉴识金石鼎彝之器,当时苏州的陆友仁虽"号为博物,亦叹以为不及"。由此可知,以鉴赏之道而言,在元代柯九思是技压群雄的。汤垕《画鉴》也提到:"在京师时与今鉴书博士柯君敬仲论画,遂著此书。"可见《画鉴》一书,也不乏有柯九思的真知灼见在内。

柯九思鉴赏、诗词、书画上的造诣,溯其源,一是来自家学渊源;二是来自周边环境的熏染。关于其家学渊源,试举二例为证。其一,《柯九思书次韵谦父诗并序》中有"身居钟鼎多清事,志在山林入短篇"(《式古堂书画汇考》卷十八《书十八》)之语,由此足可窥见柯谦富于收藏,所以柯九思的鉴赏能力自有家学渊源;其二,徐显《柯九思传》中有"念其父谦善教,锡碑名训忠,敕侍读学士虞集为文以旌之"之语,亦可知柯谦之于柯九思教育作用甚明。

关于柯谦，张养浩《江浙等处儒学提举柯君（柯谦）墓志铭》曰：

> 幼精敏，书一目辄复诵，无只字遗。既长，英爽而辩，著述修整，蔚然有前辈风。迨游京师，诸名人争与推毂。至元间（1264—1294），江浙行省辟昌国州文学掾，不就。元贞（1295—1297）初，以翰林国史院检阅官预修世祖实录，书上，将进，寻以太夫人吴氏老辞，遂转江浙儒学副提举。……秩满，以太夫人寓钱塘，年迈上，思甚，乃归侍。未几，授温台检校所大使，便养也。

以柯谦任江浙儒学副提举以及以温台检校所大使寓钱塘的经历，所以柯谦能有机会与李衎、赵孟頫、高克恭、邓文原、鲜于枢、王芝等江南地区收藏界、艺术界的名流交往。如柯谦能为李衎《竹谱》作序，便是其身份地位与鉴赏水平的体现。因此，正是凭借父亲的此种关系，柯九思得以与这些前辈名流交往、问学。如此说来，则柯九思的鉴赏能力，当有一部分来自其父执辈的熏染。而且，当时江浙一地，艺术氛围、收藏风气极盛（参见周密《志雅堂杂钞》、《烟云过眼录》）。而这，也正是柯九思日后从事艺术创作和鉴赏极好的社会氛围。

关于柯九思在诗文上的造诣，仅举一例，足以说明。顾嗣立《元诗选》戊集卷三云：

天历间，（柯九思）与虞、李诸公相唱和，及归老松江，时往来玉峰、吴阊，与玉山诸君宴游。玉山主人爱其诗，类编《草堂雅集》以敬仲压卷。称其宫词尤为得体，议者以为不在王建下。

玉山主人顾瑛以风雅著称，座下名士极夥，而以柯九思为"压卷"，其诗文上的造诣可见一斑。柯九思著有《任斋诗集》四卷，虞集、陈旅为之序，然皆在其殁后，散失不传。现今所谓五卷本者，实际上是缪艺风、曹元忠"掇拾各家著作以成之者也"（柯逢时《丹丘生集跋》）。

柯九思书法欧阳询父子，颇得清健之姿，前人多有评述，如弘历题《柯九思临欧阳询〈九成宫醴泉铭〉》有"柯九思临本能得其峭劲之气于雍容揖让间，信神技也"（《石渠宝笈续编》第六册）之语，所评甚确。盖有元一代，欧体盛行，如杨维桢、倪瓒、王冕俱是从欧字问法，并得三昧者。这是继宋人崇尚颜真卿之后的一次书学上的改观。

三

徐显在《柯九思传》中说柯九思得文同笔法，以画竹著称：

公（柯九思）善写竹石，始得笔法于文同，尝自谓：写干用篆法；枝用草书法；写叶用八分，或用鲁

公撇笔法；木石用金钗股、屋漏痕之遗意。虽其妙至
不可言，然生意飞动，有龙翔凤翥之状。

柯九思这段论画语，实际上道出赵孟頫"石如飞白木如
籀，写竹还应八法通，若也有人能会此，方知书画本来
同"的真义。柯九思以墨竹驰骋艺坛，在当时就颇受
赞誉。

　　如倪瓒《题柯敬仲画竹》有"谁能写竹复尽善，高赵
之后文与苏。检韵萧萧人品系，篆籀浑浑书法俱。奎章博
士生最晚，耽诗爱画同所趋。兴来挥洒出新意，孰谓高赵
先乎吾"（《清閟阁集》卷四）的称誉，将其置于文同、苏
轼、高克恭、赵孟頫之后，为诗画兼擅的代表人物，得到
后世几乎一致的肯定。

　　又王冕《柯博士画竹》亦有"湖州老文久已矣，近来
墨竹夸二李。纷纷后学争夺真，画竹岂能知竹意。奎章学
士丹丘生，力能与文相抗衡。长缣大楮纵挥洒，高堂六月
惊秋声。人传学士手有竹，我知学士琅玕腹"（《竹斋诗
集》卷二）的褒扬。诗中"二李"，即指与柯九思同时代的
李衎、李倜。又杜本《敬仲竹木》有"绝爱鉴书柯博士，
能将八法写疏篁。细看古木苍藤上，更有藏真长史狂"
（《皇元风雅》卷二十一）之语；又胡助《柯敬仲枯木竹石》
亦有"潇洒幽篁不受尘，千年枯木篆书文。挥毫鹘落清
新意，不减湖州古墨君"（《纯白斋类稿》卷十四）之语。
由此可见，以上诸家所论，大致相似：即认为柯九思的
墨竹渊源有自，同时对其墨竹也是褒爱有加。

柯九思《晚香高节图》（台北故宫博物院藏）

　　事实也是，柯九思的墨竹远绍文、苏，近法高、赵。如柯九思《题苏轼墨竹图》有"余家亦藏苏竹一幅，临摹数百过，虽得其仿佛，终莫能及也。观此图令人起敬"（《清河书画舫》尾字号第八）之语，可见其于学习苏东坡的墨竹是下过功夫的。又其《题文湖州竹枝卷》亦曰：

仆平生笃好文笔，所至必求披玩，所见不啻数百卷，真者十馀耳，其真伪可望而知之。……此卷文画苏题，遂成全美。予旧尝见之，每往来胸中未忘。今复于益清亭中披阅，令人不忍释手，故为之识。同观者倪元镇。至正二年七月十九日丹丘柯九思书。

跋中所谓的"所至必求披玩"，亦可见他对文同墨竹的欣赏。而此时，他流寓吴中已十年矣。

写竹之外，柯九思还擅长画墨梅，与王冕互有投赠；又能"以新意作墨花，甚妙"。（《道园集古录》卷二《题柯敬仲画》）这里所谓的"墨花"，实即不施色彩，纯以墨笔写生，如王渊的《竹石集禽图》就是最为典型的代表。追其渊源，则可以归于南唐的徐熙。虞集《题赠叶梅野》诗序可以为证：

（虞）尝见故家有藏徐熙《墨杏花图》，用笔圆润，有篆籀法，亦恨杨不能知此也。今鉴书博士丹丘生忽用此法写生，大快人意，存浑朴之意于清真，去衰陋之气为纤弱，所以为佳也。（《道园遗稿》卷五）

杨（扬），即指扬补之，以画墨梅著称。元代以前，院体画家多以设色工笔擅长，惟南唐徐熙走野逸的路子，创"落墨法"。关于"落墨法"，谢稚柳、徐邦达二位先生皆有文章详考，孰是孰非，涉及一段公案，兹不赘言。然细审虞集文字，所谓"落墨法"和"墨花"当殊途同归，同为一家法。又黄镇成题柯九思《墨菊》也有"江南九月秋风凉，秋菊采采金衣黄。近时丹丘出新意，却洒淡墨传秋香"（《秋声集·七言长诗》）的句子。然其中所谓的"出新意"，实还是从古人处偷得一丝消息而已。

柯九思亦工于山水，画格有二。一是李（成）、郭（熙）一脉，一是董（元）、巨（然）一派。前者以日本数本家藏山水为代表；后者以《故宫书画集》第三十五册所载的《溪亭山色图》为代表。柯九思的山水虽传世之作不多，然已足以说明其画学上的功力十足。而李、郭一脉，在元代以后几乎成为绝响，其间因缘却非一言数语可以道尽。

继柯九思衣钵者有其女柯氏，陶宗仪《书史会要》中有"通经史，善笔札"的评语。其从子柯伦也擅长于山水、花卉。柯九思有《题从子伦南山晓霁图》、《题从子伦写生芍药于玉山佳处》、《题从子伦雪景便面》诸诗（均见宗典《柯九思史料》），即是明证。

元代艺坛早期的核心人物无疑是赵孟頫、高克恭、周密等人，但没有像黄公望、柯九思、倪云林、王蒙这样的后进，其规模和影响也不会如此深远。在艺术史研究中，柯九思是一位被边缘化的人物。其实他是继米芾、赵孟頫之后，董其昌、文徵明之前，一位艺术创作和鉴赏兼能的人物，尤其是其鉴赏水平，在收藏风气极厚的元代，是首屈一指的。因此，重新认识柯九思的价值，并给予合适的地位，对于元代的艺术史研究实是大有裨益。

# 钱选本事钩沉

　　"吴兴八骏"之一的钱选博学多才，是宋末元初屈指可数的人物之一，然《宋史》、《元史》均无传。比较全面且可信的小传见于顾嗣立《元诗选》：

　　　　选字舜举，号玉潭，吴兴人。宋景定间乡贡进士。年少时，嗜酒，好音声，善画。山水师赵令穰，人物师李伯时，花木翎毛师赵昌，皆称具体，用笔高者，至与古人无辨。尝借人《白鹰图》，夜临摹装池，翼日以所临本归之，主人弗觉也。赵文敏公孟頫早岁从之问画法。乡人经其指授，类皆以能画称。至元间，吴兴有"八俊"之号，以孟頫为称首，而选与焉。后孟頫被荐入朝，诸人皆相附以取官爵，选独龃龉不合，流连诗画以终其身。家有习懒斋，因自称习懒翁；霅川翁、清癯老人，皆其别号也。黄公望谓舜举吴兴硕学，贯串经史，人品甚高，而世往往以画史称之，是特其游戏，而遂掩其所学。斯言可谓深知舜举者矣。

钱选学问上"贯穿经史",艺术上通音律,善绘事,尤擅临摹,可谓通才,但后世"往往以画史称之",实是掩盖了他其他方面的成就。至于"乡人经其指授,类皆以能画称",则说明宋末元初吴兴地区画学之盛,其功莫大焉。钱选生于1235至1239年之间(按:钱选的生卒时间,郭味蕖先生《宋元明清书画家年表》认为是生于宋理宗端平二年(1235);王伯敏先生《中国画史》则认为生于理宗嘉熙三年(1239),卒于元成宗大德五年(1301);吴保和先生《高克恭研究》则认为是1235—1290,然均未注明出处,不知何据),而赵孟頫生于理宗宝祐二年(1254),相差十馀岁,故"赵文敏公孟頫早岁从之问画法"的可能性是存在的。《浮玉山居图》(上海博物馆藏)卷末张雨有"吴兴公(赵孟頫)早岁得画法于舜举"之语;而接于其后的黄公望也有"雪溪翁(钱选)……讲明酬酢,咸诣理奥,而赵文敏尝师之,不特师其画,至今古事物之外,又深于音律之学"之语。张雨、黄公望(黄公望题赵孟頫《千字文》有"松雪斋中小学生"云)均是赵孟頫的弟子辈,有从其问学问艺的经历,故所云比较真实,可证上语。

由此可见,赵孟頫从钱选所学,不仅是画,且"今古事物之外",还有"音律之学"。入元以后,赵孟頫的声誉、地位以及影响力大大超越了钱选,故"吴兴八骏"(钱选、赵孟頫、王子中、牟应龙、肖子中、陈天逸、陈仲信、姚式)转而以其为首也在情理之中。《小传》中所谓"诸人",是指"八骏"中的其馀几位,是不是全部"皆相附以取官爵"不是很明确,但其中如姚式和赵孟頫一样,

钱选《归去来辞图》局部（美国大都会博物馆藏）

后来仕于新朝，却是不争的事实。且钱选"独龃龉不合，流连诗画以终其身"，也是真实不虚的——于此，赵汸《东山存稿》卷二也有"盖当时同游之士，多起家教授，而舜举独隐于绘事以终其身"的说法可以为证。赵汸是钱选晚辈，与其侄钱国用关系密切，所说也当有根据。另外，同时代人的诗句也可证实，如张羽有"岂知钱郎节独苦，老作画师头雪白"（《静居集》卷三）之句；柯九思有"羡君好古清有馀，励志耻作黄金奴"（《草堂雅集》卷一）之语，皆可证实之。

钱选和周密都以遗民身份入元，却有本质的区别：即钱选不屑于同仕于新朝的官吏们往来，有不食周粟的傲骨；而周密则在元吏之间游刃有馀（周密《云烟过眼录》、《志雅堂杂钞》中所记述的交往经历可以证实）。所以钱选自称习懒翁、清臞老人，实际上也是遗民抱负之所在，懒和瘦只是托词。明末清初的"四僧"就师其意，所起名号如出一辙。

钱选诗中所流露出来与新朝不合作态度也甚是明确，如：

> 瞻彼南山岑，白云何翩翩。下有幽栖人，啸歌乐徂年。丛石映清沚，嘉木澹芳妍。日月无终极，陵谷从变迁。神襟轶寥廓，兴寄挥五弦。尘影一以绝，招隐奚足言。（《题浮玉山居图》）

> 城市我所居，遥看弁山雄。积雪最先见，皓彩照诸峰。我今远城市，薄游留此中。忽焉岁云暮，更觉尊罍空。开门未然烛，飞花舞回风。万木同一缟，四野变其容。恨无登山屐，幽讨何由穷。（《五言古体一首》）

> 阶檐积雪动经旬，犹自霏霏夜向晨。四望莫分天地色，一时遮尽海山尘。舞风不住缘何事，见日还销亦快人。独欠故交来叩户，洛中高卧是前身。（《连雪可畏再赋律诗一首》）

以上诸诗，都可以看出钱选独善其身的决绝态度和决心。

钱选与新朝不合作，主要是表现在隐居不出。如《浮玉山居图》卷末另有仇远在延祐四年(1317)的跋，云：

> 锦城方天瑞玄英先生后人得《白云山居图》，仿佛桐庐山中隐所。钱舜举真迹，别是一种风致，漫系

以诗。山村老人仇远。

目前没有任何材料可以证实，这里所说的桐庐山隐所就是钱选之寓舍。但也不能排除这种可能，即钱选在故乡隐居不出，常有被荐的干扰，不得不另避桐庐山——以此更明确地向世人昭示效仿严子陵的态度和决心，从而打消不必要的游说。如他《是日泛舟归湖滨至夜雪大作旦起赋五言古体一首》跋中就有"避喧"的记载："至元二十九年（1292）冬，余假弁山佑圣宫一室以避喧。值雪作不已，但闭门拥炉饮酒赋诗而已。"此处的"喧"并不能简单作嘈杂理解，应该还包括新朝弄臣无休止的喋喋游说。凡此种种，都可以看出他和新朝不合作态度是何其具体而鲜明！

又钱选《山居图》（北京故宫博物院藏）款云：

> 山居惟爱静，白日掩柴门。寡合人多忌，无求道自尊。鹓鹏俱有意，兰艾不同根。安得蒙庄叟，相逢与细论。此余年少时诗。近留湖滨写《山居图》，追忆旧吟，书于卷末。扬子云悔少作，隐居乃余素志，何悔之有？吴兴钱选。

诗为少作，可以看出他隐居的种子少时就埋下，而今的遗民之志只是早年志向的延续罢了，所以虽穷困潦倒，亦无丝毫悔意。

钱选与新朝不合作，还体现在沉酗于酒，如其《题竹林七贤图》有"昔人好沉酗，人事不复理。但进杯中物，应世聊尔尔。悠悠天地间，媮乐本无愧。诸贤各有心，流俗毋轻议"之句。诗中与其说他咏的是"竹林七贤",毋宁说是自咏。无疑是以阮籍为榜样,放浪形骸。一方面,借酒来保护自己;另一方面,也是借酒麻醉自己:面对亡国之恨,既有"有命而无可为"的惆怅,亦有"苟生之为我"的憾恨。

鼎革之际,士人的行为颇为复杂,逃避或者消极抵抗是最常用的方式之一。因此,效仿刘伶、阮籍,终日沉酣于酒,不给举荐者一丝机会,借酒"遁世而无闷",从而达到"独善其身",也不失为一种消极良法。钱选既不希望步赵孟頫之流的后尘,又无力作决绝的抗争,唯一办法只有"酣于酒",作自我麻醉自我逃避。赵孟頫跋其《八花图》(北京故宫博物院藏)卷末也有"风格似近体,而敷色姿媚,殊不可得。尔来此公日酣于酒,手指颤掉,难复作此,而乡里后生多仿效之,由东家捧心之弊,则此图诚可珍也"的句子,也明证了钱选沉酣于酒的事实,"手指颤掉"甚至可以看出酒精在他体内中毒的程度是颇深的。与之同时的戴表元也说"吴兴钱选能画嗜酒,酒不醉不能画"(《剡源文集》卷十八),可以互为佐证。

另外,赵孟頫所谓的"近体",即指南宋院体画,从《八花图》可以略见端倪。"敷色姿媚"是钱画的特征,也是其学院体而不同于院体的具体表现。据赵氏所云,钱选的画风在当时很为风靡,"乡里后生多仿效之",以致赵孟頫早年也未能免俗。关于这一点,在钱选另一幅真迹中也可得到证实:"余改号雪溪翁者,盖赝本甚多,因出新意,庶使作伪知所愧焉。"(《白莲花图》题跋,山东省博物

馆藏）

钱选在绘画上的造诣，前人已经多有阐述，称其花鸟、人物、山水都精绝。如上所述，他的绘画是从南宋的院体中走进去又走出来，是毫无疑问的。于此，南宋的社会环境要负很大的责任，偏安一隅的地域限制了画家的足迹，前人作品的难得一见阻碍了画家的眼界，这是南宋书画艺术的局限性。但随着元朝的统一，钱选的绘画也相应呈现出以下几个特征：其一，形成了"敷色姿媚"的独特风格；其二，"士气"和院体画的结合。宋徽宗尝以诗句为命题，训练画院学生，"诗意"的创导之风，可见一斑。而且，其后的宋高宗、孝宗也都秉承了其遗风，因此宋代绘画所表现出来的内容是很有"诗意"的，但文人的趣味并不仅仅表现在"诗意"，钱选的绘画中还可见"比兴"之意，这是不同于院体画家的地方，也是其绘画"士气"的具体体现；其三，对"古意"的崇尚，这是宋末元初绘画上的主流思想。其绘画虽是从南宋院体以及近人入手，但随着元初疆域的统一，南北交通交流的复苏，画家的眼界为之开阔，最终往上溯源。如山水有两晋的风味，人物有隋唐的遗韵，花鸟有晚唐的意趣，凡此都说明他对古意的崇尚。而这一点对赵孟頫影响尤为深刻，赵氏后来的艺术思想也大致如是。

陶宗仪《书史会要》卷七说钱选"小楷亦有法，但未能脱去宋季衰塞之气耳"。以此而言，后世对其书法的评价是不高的。当然这还是南宋偏安一隅的大环境所造成的，是当时的流行书风，即张伯驹所谓的"南宋末体"

（张伯驹《春游记梦》）。这弊端在他的绘画中也有所体现，即其所擅长的往往是折枝，且小幅胜于大幅。总之，很有可能还是因为"衰蹇之气"所造成。

钱选诗文集《习懒斋稿》惜已不复存世，仅顾嗣立选编的《元诗选》中存二十馀首。《东山存稿》卷二云，"而钱公跌宕真率，格力优暇，无怨愤不平之意，要为不可及云"，后世皆以为真。其实钱选的怨愤不平有如陶渊明，如其题《归去来辞图》中"当世宜沉酗，作色召侮辱"之句，就偶尔展现出其金刚怒目式的另一面。因此寓不平于平澹之中，看似寻常，其实有大悲愤在焉，而世人往往不察而已。

# 高克恭艺事掇拾

南唐时期的董源、巨然以摹云烟溘晕的江南山水而著称，传诸后世，师法者颇夥，但得其天真烂漫者却不多，仅如宋二米（米芾、米友仁父子），元高克恭、吴镇，"明四家"的沈周、文徵明、唐寅等；自董其昌之后，几乎各家都有临仿，如盛极一时的"四王"，新安画派的查士标等，形成了一种具有独特风格的"墨戏"流派。而在这一脉中高克恭实是佼佼者，为关键性人物——起着承前启后的作用。

一

高克恭"其先西域人"（邓文原《故太中大夫刑部尚书高公行状》），华化时间较早，程度较深。于此，陈垣先生在《元西域人华化考》中曾说：

> 然尚知其祖名乐道，父名亨，字嘉甫。观其命名，知其受华化已深。又言"嘉甫力学，不事权贵，朝夕讲肆，遂得大究于《易》、《诗》、《书》、《春秋》

及关、洛诸先生绪言"，则俨然儒者也。"克恭早习父训，于经籍奥义，靡不口诵心研，务极源委"，亦纯然儒者也。

接受汉文化的熏陶，并有相当的积累，这是高克恭以后能从事诗文、绘画等艺术实践的基础。

关于高克恭显赫的家世，是从其父高亨这一代开始的。据马明达先生在《元代回回画家高克恭丛考》中说，高嘉甫是史秉直的女婿，高克恭则为其外孙。史氏家族为乘势而起的地方土豪，后来发展为北方地区重要的武装集团，并受到蒙古大汗的亲任，在元初的政治舞台曾经发挥过重要的作用。另，高克恭再娶刘便宜的孙女。据马先生考证，刘便宜，即刘仲禄，是成吉思汗的近臣之一。当年成吉思汗诏请长春真人丘处机之事，便是由其经办。正是由于这种与上层社会通婚的关系，奠定了高克恭在元初能得到元朝皇帝的信任，并官居显位的基础。

马先生在文章中还考证出高克恭另有高士安一名。其依据是明初曹昭的《格古要论》：

高士安，字彦敬，回鹘人。居官公暇，登山赏览。其湖山秀丽，云烟变灭，蕴于胸中，发于毫端，自然高绝。其峰峦皴法董源，云树学米元章，品格浑厚，元朝第一名画也。

按文中所述，自然是高克恭无疑。并说张丑也基本上沿袭了曹昭的说法。而这，恰好与《式古堂书画汇考》中的《眠食安好帖》中其兄高士安之名相吻合。这些都是邓文原《故太中大夫刑部尚书高公行状》中所未载的，颇有意思。不过阮璞先生在《高士安与高克恭》一文中却持反对意见，云："其实高士安全属乌有子属，何待有识之士，始能知其不过出于有明一代少数人传闻之误乎？"（《画学丛证》）关于此事，终因年湮代远，文献又甚少，渺不可考。存此，聊备一说而已。

高克恭官杭州时，与周密关系颇为密切。周密的《云烟过眼录》中就有高克恭藏品的载录。其中周文矩《韩熙载夜宴图》，赵昌《折枝》卷子等，都是赫赫名迹。周密博雅多识，诗词俱佳，富收藏，因此高克恭在与之交往过程中，受到他的影响是无可否认的。除了周密之外，高克恭还与赵孟頫、王芝、李衎、邓文原、鲜于枢等江南籍（或侨寓于江南）的文人雅士有着密切的关系，而这对于高克恭在艺术发展的道路上起着极其重要的作用。

高克恭在江南为官时，还曾举荐敖君善、姚子敬、陈无逸、倪仲深、邓文原"五俊"。这些人大多为江南士人，在元代他们的地位最为卑下，所以高克恭对他们是深怀同情之心的，并且尽其可能地为他们的前途着想，举荐他们，让他们有出仕的机会。而这也是高克恭为什么能得到江南士人的好感和敬重的主要原因，并和赵孟頫等人一起成为江南艺坛的核心人物，自然和这一历史背景有着千丝万缕的关系。

# 二

南宋、辽、金先后并存，在艺术史上呈现出颇为有趣的一个现象。南宋以李、刘、马、夏四家著称，山水以方折硬劲的斧劈为主，受北宋时期的苏轼、米芾创作思想的影响反而较小。而辽、金，尤其是金，在艺术上却奉苏、米等人文人画的艺术旨趣为圭臬，特别是宋徽宗外孙金章宗时期，尤为明显。究其原因，较为复杂。主要有三：一是南宋偏安于江南，割裂了与北方故都的联系；二是由于北宋的灭亡，导致大量文人仍滞留在北方；三是如金章宗等少数民族的帝王的创导。因此，相对统治北方地区的辽、金而言，南宋所受到苏、米的影响反而较弱。高克恭就是其中非常明显的一位，其竹石法苏轼，山水师米芾，即是明证。

高克恭的墨竹，私淑黄华（王子端），是文与可一脉。其自题写竹有云"子昂写竹，神而不似；仲宾写竹，似而不神；其神而似者，吾之两此君也"（《梧溪集》卷五）的夫子自道。由此可见，他于自己的墨竹是颇为自负的。而这，后世也是颇为首肯的，如倪瓒题其《竹》有"石室风流继老苏，黄华父子亦敷腴。吴兴笔法钟山裔，只有高髯不让渠"（《清閟阁集》卷八）之句；又柯九思题其《竹石图》有"黄华澹游今已失，尚书笔力惊千古。月明风细晚凉生，环佩翛翛度湘浦"（《草堂雅集》卷一）之句，皆可知之。

高克恭豪于酒，大约是西域人的遗传基因所致。张翥题其《竹石》有"竹如剑拔石虎蹲，浓雨昼黙苍烟浑。淋漓满纸元气湿，尚带当时红酒痕"（《草堂雅集》卷六）之语。酒兴助画，自古以来是书画创作中的雅趣之所在，当然也体现出了高克恭作为西域人的豪气干云的气质。如其《竹石》自题曰：

> 草窗出纸一幅，就破砚浣僧笔，磨臭胶墨，命画竹。赖有红友一尊，少助浩然之气，故有此君子不可转之妙态。（《江月松风集》卷一）

笔墨纸砚一切似都可不计较，一樽红酒藉以助兴足矣，其豪迈如此。

高克恭画山水的时间较晚。据赵孟頫题《高房山墨竹图并题卷》可知：

> 仆至元间为郎兵曹，秩满，彦敬与仆为代，情好至笃。是时，犹未甚作画。后乃爱米氏山水，专意模仿，久而自成一家，遂能名世传后。盖其人品高，胸次磊落，故其见于笔墨间者，亦异于流俗耳。至于墨竹、树石，又其游戏不经意者，因见此二纸，使人缅想不能已已。（《大观录》卷一五）

查任道斌先生《赵孟頫年谱》，知高克恭替代赵孟頫为兵部侍郎为至元二十七年（1290）。是年，高克恭四十三岁。

高克恭以一手"米家山水"称誉元代艺苑，当时、后世均论及甚多。如柳贯题其《云林烟嶂》云：

> 房山老人初用二米法写林峦烟雨，晚更出入董北苑，故为一代奇作，然不轻于著笔。遇酒酣兴发，或好友在前，杂取缣楮，研墨挥毫，乘快为之，神施鬼设，不可端倪。（《柳待制文集》卷十九）

高克恭的山水"初学米氏父子，后乃用李成、董元、巨然法"，是其大概脉络。因此，朱德润说"高侯画学，简淡处似米元晖，丛密处似僧巨然，天真烂漫处似董北苑，后人鲜能备其法者"（朱德润《存复斋续集》）。按其所论，高克恭俨然为这一派之集大成者。而倪云林则拈出"气韵闲逸"（《清閟阁集》卷九）四字为评，甚为得体，意度之下，仿佛可以想见其作画时的风采。

除却师法古人之外，高克恭还颇沉浸于江南的水光山色，"在杭，爱其山水清丽，公退即命童挈榼，杖屦适山中，世虑冰释，竟日忘归"（邓文原《故太中大夫刑部尚书高公行状》）。因此而言，他也是赵孟頫"到处云山是我师"绘画理论最忠实的实践者。诚如倪瓒所云：

> 儌居余杭，暇日策杖，携壶酒、诗册，坐钱塘江滨，望越中诸山，岗陇之起伏，云烟之出没，若有得于中也。其政事文章之际，用以作画，亦以写胸次磊落者欤。（吴升《大观录》卷一五，倪瓒《题高尚书

青山暮霭图卷》）

其后的黄公望往来于烟水之间，观富春山水十数年，而成
《富春山居图》也应作如是观。据马先生考证，高克恭一
生有两次在杭州做官或居住：一次是在至元二十六年
(1289)至至元二十七年；另一次约在至元二十八年(1291)
至元贞二年(1296)（参见《元代回回画家高克恭丛考》）。
当时醉心于此情此景者，当然不止高克恭一人，另有郭祐
之、李仲宾、王子庆、鲜于枢、李仲方、赵孟頫、邓文原
等，他们都有在杭州长期或短暂寓居的经历。

杭州为南宋故都，不但有着优美的自然环境，更有着
丰厚的文化积淀。在这里高克恭能够与南宋之故老遗民，
朝夕相处，倡以风雅之道。如柳贯《跋鲜于伯机与仇彦中
小帖》可以说明一二：

> 异时论至元间中州人物极盛，由去金亡未远，而
> 宋之故老遗民，往往多在。方车书大同，弓旌四出，
> 蔽遮江淮，无复限制，风流文献，盖交相景慕，惟恐
> 不得一日睹也。故游仕于南而最爱钱塘山水者，予及
> 识其五人焉，曰：李仲芳、高彦敬、梁贡父、鲜于伯
> 机、郭祐之。……彦中廉访公还自南闽，尝为伯机留
> 连旬月，时赵子昂解齐州归吴兴，颇亦来从诸君宴
> 集。（柳贯《柳待制文集》卷十八）

由此可见，宴会雅集是他们之间不可或缺的主要活动之

一。如鲜于枢霜鹤堂落成之日，有十二人参与雅集，高克恭就是其中之一（参见元陆友《研北杂志》）。

赵孟頫《题高彦敬画二轴》之一有"疏疏澹澹竹林间，烟雨冥濛见远山。记得西湖新霁后，与公携杖听潺湲"（赵孟頫《松雪斋文集》卷五）之语。二人雨后携手同赏山色空濛，远天朦胧的西湖美景，沉醉于自然的变幻奇妙之中。又高克恭《至正己亥四月廿二日宿翠峰禅室登留云阁数日与净莲公》有"米老天机清，梦入烟云窟。山河大地影，玻璨镜中出。任自选胜场，莫浪翻墨汁。今于西湖滨，割取南半壁"（顾嗣立《元诗选》二集·丙集）的句子。可见在高克恭的眼里，西湖山光水色，便是活脱脱的米家山水无疑。

除了"米家山水"之外，高克恭还擅画夜山。他曾为李公略拟钱塘月色山景成《夜山图》。关于此图，徐琰有《赋钱塘夜山图歌》序，所云甚详：

> 行省照磨李君公略，性冲淡，乐山水，寓居吴山之巅，向开小阁，俯瞰钱塘江及浙东诸山，历历可数，如几案间物。彦敬每相过，未尝不留连徙倚，以展清眺。公略谓，夜起登此阁，月下看山，尤觉殊胜，彦敬闻之，跃跃以喜，遂援笔而为是图。（丁丙《武林掌故丛编》第十一册）

是图一出，题者累累，颇多赞誉。如赵孟頫有"高侯胸中有秋月，能照山川尽毫发。戏拈小笔写微茫，咫尺分明见吴越"之句，为行家之语。又鲜于枢赋长诗一首，极尽赞誉之辞：

> 世人看山在山下，李侯看山向绝顶。世人画山画白日，高侯画山摹夜景。绝顶看山山更奇，夜景摹出人少知。远山苍苍近山黑，岩树历历汀树微。天高露下暮潮息，月明一片寒江迟。藏深乐渊潜，惊定安林栖。耳绝城市喧，心息声利机。古人无因驻清景，高侯有笔能夺移。容翁复作有声画，冥搜天巧为补遗。后来知有李侯之德高侯画，千年人诵容公诗。

又邓文原也是赞誉有加：

> 佳哉高侯画，得意超象罔。我来秋向晚，月色寒莽苍。山远落木净，风高怒潮响。奔腾万云气，忽驾苍虬上。平湖雨翻江，渺渺波荡桨。回思图画时，岁月倏已往。山川更晦明，阴阳递消长。

又张复亨也有诗为赋，语义虽浅，但赞誉却甚：

> 画山画易工，画山夜难状。高侯江海姿，笔落势雄放。毫芒见神功，超忽移物象。（以上均见卞永誉《式古堂书画汇考》画卷之十七）

此路画风，确是于董巨、二米之外另辟蹊径，可惜其后不传。直至近代黄宾虹，亦擅画夜山图，虽不知所出，然与高克恭和西湖的山水脱不了干系，自是无疑。

有元一代，曾得到高克恭指授的有朱德润、吴镇、郭畀等数人。于他们及后世的诗文、题跋中皆可证实之。如朱德润《题徽太古所藏郭天锡画卷后》云：

> 皇庆(1312—1313)中，仆因受学于雪川姚子敬先生。先生谓艺成而下，足以掩德，戒以勿勤画事。适彦敬高侯至，见仆弄翰，语先生曰："是子画亦有成，先生勿止之。"由是日新月染，不觉堕于艺成。延祐(1314—1320)初，因抵杭，与郭君天锡会于旅次。天锡每诧余于善得高侯旨趣。(《存复斋续集》)

又吴镇《竹谱》题跋云：

> 古今墨竹虽多，而超凡入圣，脱去工匠气者，惟宋之文湖州一人而已。近世高尚书彦敬甚得法，余得其指教甚多，此谱一一推广其法也。(《梅花道人遗墨》卷下)

又陈旅《题韩伯清所藏郭天锡画》：

> 往年京口郭天锡，学得房山高使君。画省归来人事少，烟岑闲向客楼分。林扃暝落青枫雨，水郭寒生白蜃云。岁晚怀人增感慨，晴窗展玩到斜曛。(《安雅堂集》卷二)

高克恭《云横秀岭》（台北故宫博物院藏）

　　另外从方从义、倪瓒、黄公望的早年绘画作品中，似也可以看出有师法高氏的痕迹，这些都足以说明高氏于元初江南艺坛影响之巨大。

　　高克恭存世之作，自然以台北故宫博物院所藏《云横秀岭》为代表，其馀归于其名下尚有台北故宫博物院藏《春山晴雨》、《群峰秋色》、《林峦烟雨》、《云峦飞瀑》、《风雨归舟》、《溪山烟雨》、《雨山图》、《夏山过雨》；上海博物馆藏《春山欲雨》；美国芝加哥博物馆所藏《云山图》，等等。其中自然真赝参半。高克恭的画在元末已"不易得"，且"多赝本"，其后托名为伪者更多，历代书画著录中多有误入者。据顾复说高克恭"悭于款识"（顾复《平生壮观》卷九），因此，对于署名高氏之作尤当小心分辨为是。

高克恭亦擅诗，评者以为"诗似王维、张籍"（《吴礼部集》卷十八）。他与何得之、鲜于伯机"同学为诗"（《柳待制文集》卷十八），惜存世不多，《元诗选》、《国朝文类》、《吴礼部诗话》、《永乐大典》中尚存数首，可以略窥其大概。虽近似王维、张籍，然终是元人气象，与黄公望、倪云林诸家略近，然不及赵孟頫，尚存赵宋家风。

## 三

明代的董其昌书画双擅，所拟米家山水，甚得简淡之旨趣，即便置之高克恭诸作中，也是几可乱真。然其间尚有一段渊源可言。案《容台别集》卷六云：

> 高彦敬尚书，载吾松《上海志》。元末避兵，子孙世居海上。余曾祖母则尚书之孙女也。今日诣竹冈先茔，宣三品赠诰。念余仕路遭回，未及貤恩曾祖父母，展拜之次，惭负高孺人在时摩顶悬记之语。且余好为山水小景，似亦有因，归舟写此，付孙庭收贮以

见志。胜国名手以赵吴兴为神品，而云林以鸥波、房
山所称许者，或有异同。此繇未见房山真迹耳，余得
《太姚村图》乃高尚书真迹，烟云淡荡，格韵俱超，
果非子久山樵所能梦见也。为此图以仿之。

据邓文原《故太中大夫刑部尚书高公行状》所云，高克恭妻
曹氏，育有一子曰高秬(亦作柜、桓、枢)，皇庆二年(1313)
八月官秘书著作郎，元顺帝至元二年(1336)任绍兴路总管。
但据王士熙在《青山白云图》题跋中提到，"其人病弱，不
能世其家"。高克恭再娶刘氏，无子；姜之子高某。

　　据《上海民族志·大事记》云，"洪武三年(1370)，松
江府学高原(元刑部尚书高克恭孙)第举人"。虽高原为何人
之子，没有材料可以证明，但高原为松江籍举人，则董其昌
的曾祖母必是高原后人则是无疑。按前后八代，每代以二十
至三十年计，亦是吻合。所以董其昌所谓的"有因"，想必
就是这段血缘关系罢了。沧海桑田不仅仅是物的变化无常，
其实人也何尝不如是？金、元之际的高贵血脉，百馀年之后
就被无情的岁月消融到汉民族的人流之中，且悄无声息。

　　于今而言，高克恭在艺术史上似乎是无足轻重的，但在
元初的鉴藏界和艺术界都是至关紧要的人物。随着文人画的
式微，其意义和作用也越来越淡化。从某种意义上来说，这
是中国艺术发展史上的一种退化，究其原因，是中国文化的
衰退所致，缺乏了这种悠游林下的兴致和学养。作为艺术研
究者而言，正视历史，不要被事物的表象所迷惑，洞隐烛
微，尽可能地还原历史的真实面目，才是意义之所在。

# 松雪斋中小学生

"元四家"之称，最早大约见于明何良俊《四友斋丛说》。其原文如是："黄之苍古，倪之简远，王之秀润，吴之深邃，四家之画，其经营位置，气韵生动，无不毕具，即所谓六法兼备者也。"然何良俊之四家说，溯其本源，则似出自倪云林：

> 本朝画山林水石，高尚书之气韵闲逸，赵荣禄之笔墨峻拔，黄子久之逸迈，王叔明之秀润清新，其品第固自有甲乙之分，然皆予敛衽无间言者。（《清閟阁集》卷九）

借绿草堂本《图绘宝鉴》虽有"元四家，首推重焉"之语，然终究是冯仙湜等人掇拾董其昌之遗意，与夏文彦无涉。在这里，不得不提一下画史上的一段公案，即"元四家"中到底有无赵孟頫？于此，历来多有争论。究其原因想必有二：其一，赵孟頫乃黄、倪、吴、王四家长辈，厕入其中，似有不妥；其二，可能是赵孟頫以宋帝裔仕元，遭后世不齿，故抹之。

# 一

钟嗣成《录鬼簿》有涉及黄公望的一段话，对于研究其生平，非常重要：

> （黄公望）先充浙西宪吏，以事论经理田粮，获直，后在京为权豪所中，改号一峰。原居松江，以卜术闲居，目今弃人间事，易姓名为苦行净竖，又号大痴翁。

这段话所涉甚多，但语焉不详，且文辞之中似乎略有掩饰。所谓"浙西宪吏"是指"元至元中，浙西廉访使徐琰辟为书吏，未几弃去"（参见胡艺《徐琰、张闾与黄公望》，《黄公望研究文集》）之事。徐琰是元初很重要的一位人物，与高克恭、赵孟頫、周密等元初艺术界的名流均有接触或交往，以黄公望书吏的职务而言，当时也应有厕身之间，亲聆教益的机会。

徐琰，又作徐炎、徐琬，不一，字子方，号容斋、养斋、汶叟，东平人，至元三十一年（1294）拜浙西肃政廉访使。因此黄公望任其书吏是在二十六岁的事，但时间不长，即"弃去"。所云"在京为权豪所中"，实是指受张闾一案牵连入狱之事。因此王逢《题黄大痴山水》中说："（黄公望）尝掾中台察院，会张闾平章被诬，累之，得不死，遂入道云。"（《梧溪集》卷四上）

张闾，又作章闾、张驴。延祐元年（1314），张闾向仁宗提出经理田粮的建议，并被委派到江浙，结果因"期限猝迫，贪刻用事，富民黠吏，并缘为奸，……于是人不聊生，盗贼并起，其弊反有甚于前者"（《元史》卷九十三《食货志》）。延祐二年（1315）九月，张闾本人也因"以括田逼死九人"的罪名而被逮捕鞫讯。是年，黄公望三十七岁。入狱后的黄公望有诗寄赠杨载，杨氏复云：

> 解组归来学种园，栖迟聊复守衡门。徒怜郿坞开金穴，欲效寒溪注石尊。世故无涯方扰扰，人生如梦竟昏昏。何时再会吴江上，共泛扁舟醉瓦盆。（《杨仲弘诗集》卷六《次韵黄子久狱中见赠》）

此次牢狱之灾，对黄公望的影响甚大，应该是他摒弃人间事，全身心专注于绘画艺术的真正开始。

至于其牢狱之后，易名净坚，则当是静坚之误。俞樾《茶香室丛钞》中也曾提到此事："余按'坚'与'久'义相应，名'静坚'，故字'子久'也。"不过，其实应当倒过来说才是：黄公望"子久"之字在前，"静坚"之号在后，实是从"子久"之意。

戴表元与黄公望生活时间大致相同，他在《黄大痴像赞》中所说应该是事实：

> 身有百世之忧，家无担石之乐。盖其侠似燕、赵剑客，其达似晋、宋酒徒。至于风雨塞门，呻吟盘

磻，欲援笔而著书，又将为齐、鲁之学，此岂寻常画史也哉？

其中颇可见其旷达、潇洒之心态。至于明、清以后，将他作为泛舟江海的神仙渲染，其素材尚逃脱不了杨载的诗，戴表元的赞，这是可以肯定的。

黄公望"通三教，旁晓诸艺"（《图绘宝鉴》卷五）。他的一生四海云游，居无定所，据其作品题款可知之。正是因为他居无定所，故所交之士遍及江南各地。如王逢《题黄大痴山水》有"十年不见黄大痴，笔锋墨沈元气垂"（《梧溪集》卷一）的赞誉；杨维桢《跋君山吹笛图》则有"予往年与大痴道人扁舟东、西泖间，或乘兴涉海，抵小金山，道人出所制小笛，令余吹《洞庭曲》，道人自歌《小海》和之，不知风作水横，舟楫挥舞，鱼龙悲啸也"（《东维子文集》卷二十八）的记载；而郑洪《题黄子久画》则曰"二十年前识大痴，棕鞋桐帽薜萝衣"（《元诗选二集·素轩集》）等等，俱可说明之。

而晚年的黄公望，在浪迹四海之后，则定居于杭州。陶宗仪《辍耕录》卷九中说"杭州赤山之阴曰筲箕泉，黄大痴所尝结庐处"，可以为证。而杨维桢《题黄大痴山居图》也有"井西道人七十三，犹能远景写江南。筲箕屋下非工锻，自是嵇公七不堪"之说。诗中杨维桢以嵇康为喻，所区别的是，易锻为画而已。所谓的"七不堪"，也正是借用了嵇康《与山巨源绝交书》中的典故，来说明晚年的黄公望不堪人事纷扰的烦忧。以七十三的年龄而言，可知隐居筲箕泉，确在晚年。大约已是年老体衰，不再四处奔波了。

二

关于黄公望的绘画，元末以来的画论都以为宗董元、巨然。如陶宗仪在《辍耕录》中说："画山水宗董、巨，自成一家，可入逸品。"又夏文彦在《图绘宝鉴》中也说："善画山水，师董源，晚年变其法，自成一家，山顶多岩石，自有一种风度。"至于明代的董其昌，更是以黄公望为南宗的代表人物。

其实这样的认识是不全面的，黄公望除了师法董、巨一脉之外，更得益于李成、关仝、荆浩。张雨《题大痴画山水》有"独得荆关法，金壶墨未多"的句子，即是明证；又其《写山水诀》中也有"近代作画多董源、李成二家笔法"之语，亦是极好的证明；又《写山水诀》还有数段皆是阐述李成之画法的，如次：

> 李成画坡脚，须要数层，取其湿厚。米元章论李光丞有后代儿孙昌盛，出为官者最多，画亦有风水存焉。
>
> ……李成惜墨如金是也。

另外，黄公望的题画诗有《题关仝层峦秋霭图》、《题李咸熙秋岚凝翠图》、《题李成寒林图》、《题李营丘真迹次俞紫芝韵》、《题李成所画十册》等,可知其所见的李成真迹也不在少数。从而可以看出,黄公望于董、巨与李、郭,二者并不偏废。把荆浩、关仝和董源、巨然对立起来是明以后的事,特别是董其昌的南北宗的理论出来以后,更使得荆、关一脉在画史上几无立身之地了,这是历史的误导。

黄公望少赵孟頫十六岁。根据他七十九岁时题赵孟頫《千字文》卷后有"经进仁皇全五体,千文篆隶草真行。当年亲见公挥洒,松雪斋中小学生"(故宫博物院藏)的诗句,可见其为赵孟頫的入室弟子。其题自画《夏山图》也有"董北苑《夏山图》,曩在文敏公所,时时见之,入目沁心,后为好事者取去,不可复见,然极力追忆,至形梦寐"这样的追忆之语。由此足见黄公望师法赵孟頫是不虚的事实。黄公望传世画格有二:浅绛和墨笔。如果以作品而言,受益于李、关的有《快雪时晴图》、《剡溪访戴图》等;得力于董、巨的则有《富春山居图》、《九珠峰翠图》等。而赵孟頫的《重江叠嶂》、《双松平远》和《鹊华秋色》、《水村图》却又分别是形成其绘画两脉的津梁。

黄公望传世之作自然以《富春山居图》最为杰构,其跋尾详述该卷创作之始末云:

至正七年(1347),仆归富春山居,无用师偕往,暇日于南楼援笔写成此卷,兴之所至,不觉亹亹,布置如许,逐旋填劄,阅三四载未得完备,盖因留在山中,而云游在外故尔。今特取回行李中,早晚得暇,当为著笔。无用过虑有巧取豪敚者,俾先识卷末,庶

黄公望《九珠峰翠图》(故宫博物院藏)

几知其成就之难也。十年(1350)青龙在庚寅歇节前一
日，大痴学人书于云间夏氏知止堂。

云游在外，乘兴而为，似亦可窥见其实践赵孟頫"到处云
山是我师"之意。

除师法自然之外，转益多师也是黄公望艺术创作的关键。譬如在危素的家里，黄公望得以观看到顾恺之《秋江晴嶂图》，王维《秋林晚岫图》，荆浩《楚山秋晚图》，得益匪浅自是无疑。危素，字太朴，号云林，是一位由元入明的收藏家。其收藏之富之精令人叹服，亦涵养了很多元代书画家，这在他们流传不多的诗文中蛛丝可见，如黄公望、吴镇。黄公望题《王维秋林晚岫图》诗序中就提到，他从危素处借临王维该卷的事：

> 王右丞生平画卷所称最者，唯《辋川》、《雪溪》、《捕鱼》等图耳。吾意以为绝响，不谓太朴于中州友人家又得此卷，而用笔之妙，布置之神，殆尤过焉。固知右丞胸中伎俩未易测识，而千奇万变，时露于指腕间，无穷播弄，岂非千载一人哉！置之案头，临摹数过，终未能得其仿佛。漫书短句，并识而归之。（《元诗选》二集）

又如黄公望还于顾善夫处得以观看李成画十册，其有"李咸熙画，清远高旷，一洗丹青蹊径，千古一人也。今见善夫先生所藏十册，不觉心怡神爽，正如离尘埃而入蓬壶矣"（《题李成所画十册》）的观跋。言辞之间，推崇备至。由此，亦可见其所宗绝非仅限于董、巨一脉的事实。

黄公望生平作画甚得游戏之趣，一画之成往往三五载，甚至十数载。如前面所提到的《富春山居图》，"阅三四载未得完备"；而为倪云林所作《江山胜览图》则"久滞箧中，余每遇闲窗兴至，辄为点染，迄今十有年馀，以成长卷，为江山胜览，颇有佳趣，惟云林能赏处为知己"；又他与倪云林合作《江山胜览图》更是长达十年之久：

> 余昔于春日，往来广陵淮海间，览江山之胜，恍然会心。遂与倪云林合参，先后凡十年，乃克成此卷，虽质之古人，亦差不丑。是图始于至正八年(1348)三月，竟于十七年(1357)仲秋十日也。

又其《题自画山水立轴》也有"云山手写十经秋，雨馆披图若旧游。天下珍奇零落去，更谁同上孔章楼"之句，凡此种种，皆是他一画之成历时甚久且苦心经营的显证。

黄公望与曹知白年岁相仿佛，相交极厚，老而弥坚，所以他在题曹知白《山水轴》中有"云老与仆年相若，执笔濡墨，既有年矣，老而益进，于今诸名胜善画家求之，乃画者甚多，至于韵度清越，则此翁当独步也"的谦虚之语。

另外，黄公望与倪瓒、王蒙、方从义均互有称誉。如倪瓒《题大痴画》是如此胜赞黄公望的山水："大痴画格超凡俗，咫尺关河千里遥。惟有高人赵荣禄，赏伊幽意近清标。"（《清閟阁集》卷八）

而黄公望则在方方壶《松岩萧寺图》序中又是如此称誉对方："方壶此卷，高旷清远，可谓深入荆、关之堂奥矣，鄙句何足以述之，丑丑。"谦虚、赞许之意，表露无遗。

对于王蒙，他更是称赞不已："叔明公子，文敏公之外孙，天资神品，深入晋、汉，至于鉴裁，尤所精诣，鸥波之宅相，非子而谁?"（题王蒙《竹趣图》）这里其以为王蒙最得松雪斋衣钵，表扬后进，不遗馀力。

赵孟頫、王蒙祖孙，皆与黄公望友善，一脉相承，而彼此更替为师，故以此而言，在元代绘画"逸品"之传承和延续中，黄公望实是一位很重要的人物。因此，研究元代的艺术史，黄公望实际上是一个极其关键的人物，因为他的一生贯穿整个元代百馀年的艺术史，承上启下之意义显而易见。

# 钱塘处士陈仲美

关于陈琳（约 1260—1320）的资料极少。夏文彦《图绘宝鉴》卷五：

> 陈琳，字仲美。珏之次子。善山水、人物、花鸟，俱师古人，无不臻妙。见画临摹，咄咄逼真，盖得赵魏公相与讲明，多所资益，故其画不俗，论者谓宋南渡二百年工人无此手也。

从以上简短的文字介绍可以知道，陈琳的画学来自两方面：一是源于家学。其父陈珏，是南宋宝祐年间（1253—1258）的画院待诏，工于院体，因此陈琳的画有其家学渊源。《图绘宝鉴》卷四云：

> 陈珏，钱塘人，号桂岩。善人物、著色山水，宝祐年待诏。子琳，世其学。

一是受益于赵孟頫。赵孟頫是元代艺坛的领袖，尤其是其全面而精湛的艺术造诣，更有着一呼百诺的号召力，人皆以从之游为幸事，陈琳亦不能免。

有元一代，倡以苏轼、米芾"文人画"的意趣，为绘画由写实转为写意的关捩时期，"逸品"迭出，其中尤以"元四家"最为卓著，堪称代表。受此审美观的影响，因此对南宋以来"用笔纤细，敷色浓艳"（《清河书画舫》波字号第十，赵孟頫《自跋画卷》）的近世画风颇为不满，鄙为工人。陈琳之父为画院待诏，自然也被世人纳入其中。然而陈琳的绘画，实际上既有院体之工，又有文人画的意趣，折衷了两者之长，是极有成就的，关于这点，前人多有中肯的论述，如赵孟頫、仇远。

陈琳传世的作品不多，最为著名的有花鸟《溪凫图》，山水《苍崖古树》册页。《溪凫图》，纸本，设色，现藏于台北故宫博物院。"凫"是一种水鸟，似鸭，俗称"野鸭"。雄的头部绿色，背部黑褐色，雌的全身黑褐色，常群游湖泊中，能飞。当然民间也有以"凫"指"家鸭"者。此卷中，"凫"工笔细写，颇为传神，体现了画家扎实的写生功夫，且作鸭头绿，背部黑褐色，应为雄性。与之形成对比的是，粗笔写意的水波、土坡以及芙蓉。两者并不矛盾，反而取得和谐统一的平衡效果，诚如汪悦进在《"锦带功曹"为何褪色：王渊〈竹石集禽图〉及元代竹石翎毛画风与时风之关系》中所云：

　　偶然成为一摆脱近体窠臼的样式范本：用笔工整稚拙，以墨代彩。工整稚拙以纠正南宋以来草率墨戏泛滥的流弊，以墨代彩以矫正南宋敷色浓艳萎靡的

陈琳《溪凫图》（台北故宫博物院藏）

画风。

赵孟頫在此画上有"陈仲美戏作此图，近世画人皆不及也"的题语。这虽是极高的评价，但是话中仍然有话：即所谓"画人"云云，终究是稍逊了学养，正与前面所引夏文彦"论者谓宋南渡二百年工人无此手也"的意思遥相呼应。

《溪凫图》现裱为上、下两段。上段另纸有当时著名文人仇远的跋：

> 大德五年辛丑秋，仲美访子昂学士于余英松雪斋。霜晴溪碧，作此如活，使崔、艾复生，当让出一

头。修饰润色，子昂有焉。昔人有以千金换能言鸭者，此虽不能言，亦非千金勿轻与。是年除夕，题于躬行斋。南阳仇远。

仇远是赵孟頫的同道，早年立志以遗民终其一生，但最终还是出任溧阳教授一职，没能善始善终；余英即德清境内的余不溪，又叫余英溪，流经赵孟頫夫人管道昇故家的一段则称龟溪，可见松雪斋并非在湖州，而是在德清，由龟溪顺余不溪上溯，可以到达仇远居处余杭。据仇远的题跋，可知此画创作于大德五年秋，而仇远题跋在是年除夕。所谓"崔、艾"，即崔白、艾宣，皆以工画花竹翎毛著称，颇得野趣。仇远以此二人相比，推崇之意可见。其中"修饰润色，子昂有焉"，尤令人遐想：粗笔水纹之下犹见细笔回波，可以想见陈琳小心画毕，赵孟頫见溪水动感不足以配，遂粗笔随意数笔，生意顿起。然赵氏似意犹未尽，又补添疏疏芙蓉几茎，生意更甚。又于土坡挥洒一番，寥寥几笔，视觉效果顿异，不得不令人为之叹服。王季迁在《读画笔记》中对此评论道："上上神品。其中芙蓉、山石及粗笔水纹似为赵松雪笔。"此画在画史上亦犹昙花，一现之后，继者无多。齐白石晚年之作，犹似暗合。当然要溯其渊源，李公麟、宋徽宗的一些作品中却又依稀仿佛。仇远《山村遗集》有《赵子昂、陈仲美合作水凫小景》之诗云："良工苦思可心降，底事文禽不解双。欲采芳华波浪阔，芙蓉朵朵隔秋江。"审其文意，所咏应该还是《溪凫图》。

陈琳擅于山水画，时人多有咏之。如杨载《题应中父所藏陈仲美山水小景》云："层峦叠嶂倚晴空，松桧相连秀色同。下有幽人茆屋在，浩气宜属紫芝翁。"（《杨仲弘诗集》卷八）杨维桢也有《题陈仲美山水》曰："钱塘处士陈仲美，十年林下写烟霞。白云英英积似雪，老树叶叶丹如花。风雨薛萝樵子担，金银楼阁梵王家。灵璧何时寻旧隐，纪题鸟篆一行斜。"（《铁崖诗集》甲集）张羽《陈仲美夏木图》："董元夏木不复见，俗本纷纷何足观。陈郎笔力能扛鼎，写此千章生昼寒。……"（《静居集》卷三）李昱《陈仲美山水》："山中古树色冥冥，茅屋斜连薜荔青。昨日云深贪采药，野猿偷诵太玄经。"（《草阁集》卷六）由此可见，陈琳在山水上的造诣是颇得时人首肯的。

《苍崖古树》见于台北故宫博物院所藏的《宋元集绘册》中，本作佚名，曾经张则之、梁蕉林先后递藏。该作品是王季迁根据画边的两个半印："陈"和"仲"，断为陈琳之作。如果以受其影响的盛懋的作品来看，倒是很贴近的，当然其中也可以看出赵孟𫖯《鹊华秋色图》的某些影子：

> 严整的布局仿佛是从赵孟𫖯的《鹊华秋色图》中摘取一部分母题集合而成——如圆锥状的山陵，波折起伏代表地面的线条，丛生的杂树姿态各有不同，叶形变化多端，装饰性很强——而且同样以粗笔干墨画成。（高居翰《隔江山色：元代绘画》）

顾瑛的题诗也揭示了这种关系："陈生落笔超凡俗，流派原来得魏公。古木苍崖妙奇绝，令人瞻仰忆高风。"因此，传承的痕迹是很明显的。而赵孟頫、陈琳、盛懋一脉，一直延续到吴门诸家，地域范围竟然是如此的接近，绘画的风格也是如此的相似，由此似乎可以折射出画史上的某种现象和地域之间一定有着密切的关联。

另外，《王季迁读画笔记》中还有两件标为陈琳的作品：一是《花卉》，绢本设色。但王季迁认为是"明末院体。花卉尚好。石头不佳"。一是，《疏枝双雀》，纸本设色，王季迁也还是认为"似明人笔，甚秀雅，与陈琳无关"。此帧《石渠宝笈初编》亦有录。

有元一代，在时代风气引领以及赵孟頫领袖作用感召下，有很大一批画工，从宫廷的写实走上了文人的"写意"，影响了后世，陈琳、盛懋、王渊等，便是其中的佼佼者，也是其中的幸运者。因为如他们一样的身份，一样的造诣，但画史不传者又不知凡几。

# "先浙派"的孙君泽

　　"先浙派"是拟"先秦"，以及董桥的"先拉斐尔"所提出的一个假设性的说法，而实无其名。实际上，在南宋以后，明初之前，绘画史上一直存在一条追踪马（远）、夏（圭）的暗线，由于赵孟頫以及"元四家"一脉力量的过于强大，自然而然地削弱这一脉的影响，以致变得那么暗淡、那么无力，直至明初，才在原来的南宋故都杭州形成一个新的画派——浙派，前后期分别以戴进、吴伟为代表。

　　在绘画史上，有相当一部分以精湛的艺术造诣模拟前辈画家在当时卓有声名，而后世却湮没无闻，更甚连其作品也难寻芳踪者。究其原因主要有二：一是由于克肖前辈画家，被改头换面，或者迳称前代佚名之作；一是被主流画派所摒弃，收藏、保存者寥寥。孙君泽就是其中之一。关于其人，文字记载极少，仅夏文彦《图绘宝鉴》云："孙君泽，杭人。工山水人物，学马远、夏圭。"至于作品，国内也似已绝迹，国外如日本、美国存少数几张而已。

　　孙君泽存世作品，比较可靠的有日本嘉静堂《夏》、《秋》山水立轴一对；东京国立博物馆《雪景山水图》；美国高居翰景元斋《溪边水榭》。日本嘉静堂《夏》、《秋》山水立轴一对，应该还有《春》、《冬》两帧，如此才可以凑成四条一组。这组作品绝肖马远，置之马作中，实是很难让人辨别何者为孙何者为马，由此可见孙君泽于马远所下的功夫。据说孙的界画造诣尚胜马一筹，后世浙派一脉中也几乎没有能超越者，因此，这反而成为辨别孙君泽作品真伪的关键。台北故宫博物院一件《山水人物》，旧传为马远之作，但班宗华依据静嘉堂《夏》、《秋》，断为孙君泽的手笔，特别是"两株松树仿佛是从静嘉堂两轴上各取一株拼合而来"（班宗华《入山始得真面目——孙君泽〈雪景山水图〉及一些相关作品》），似也不无道理。东京国立博物馆所藏《雪景山水图》虽然依然传承马、夏的风格，但有两点已然不同马、夏：其一，马、夏山水尺幅往往较小，少有大幅作品传世，此件堪称巨幛；其一，"宋代画家通常将他们的主题图像置于近景，而将画面其馀部分留白，意在营造清远之境"（同上）。孙君泽"则仅将画面中景留白，远景则是高大的群山"（同上）。"这样的画法，是他所模仿的宋代画作品中并不常见的"（同上）。这其实也是创新，——对传统的一种突破，体现出时代的元素。于此反观明代浙派的作品，影响自然是有目共睹的：即已然"超越了明代画家所临摹的宋画本身"（同上）。所以，以此而言称孙君泽为先浙派的代表人物是恰当而中肯的。东京国立博物馆还藏有一帧《高士观眺图》，"是根据其风格而传为孙君泽所作的画"（高居翰《早期中国画在日本：一个"他者"之见》）。笔墨含蓄，当是明初以前之物，似可无疑。台北故宫博物院一件定为"宋佚名《雪景图》"，班宗华将其断为孙君泽的作品，理由是这两件作品有着惊人的相似之处。而这件作品有人也断为明初宫廷画家钟礼，但班宗华还是认为"真正的作者或许更可能是孙君泽"（班宗华《入山始得真面目——孙君泽〈雪景山水图〉及一些相关作品》）。诚然，从此画所传递出来的气息来看，与明初还是略有距离的。故班宗华的解释是："笔触看来更为随意而未加修饰，仿佛还是一张草图"（同上），则未必令人信服。另外，班宗华还将传为夏圭的《望梅》亦归于孙君泽名下，以其相似性而言，倒不无意思。但稍见燥气，树法也与孙君泽略有不同，如果断为明人之作倒似乎更为合理。况且，如确为孙君泽手迹，则构图的雷同，反倒令人怀疑他的创作能力了。

　　高居翰景元斋所藏《溪边水榭》，原来一直在中国流传，后来被"一位纽约画商在中国购得"（高居翰《早期中国画在日本：一个"他者"之见》），景元斋"则从他那里买了下来"（同上）。而此之前，这幅作品一直是被当作宋人无款的《莲塘避暑图》，或者"定位马远所作"（同上）。后来高居翰发现被遮盖的孙君泽名款，"并与现存日本的几幅孙画上的名款相一致"（同上）。因此，这是一幅较为典型的以孙君泽作品冒充宋人或马远的作品，是名画作伪的实证，于画史的研究甚有意义。

　　另外，日本私人收藏的《刘晨、阮肇入天台山》，上有"君泽"款。班宗华认为"如同是从更大的一组卷轴中抽离出的一轴"（班宗华《入山始得真面目——孙君泽

孙君泽《溪边水榭》（美国景元斋藏）

〈雪景山水图〉及一些相关作品》），但对作者似无疑义。
从构图和落款的位置而言，这是一幅被割裂过的作品是毫
无疑问的，但从技法等所传递出来的信息而言，归于孙君
泽的名下似乎还是有些勉强。

中国艺术史独具魅力，其间弥漫着扑朔迷离的故事。对绘画作品真伪优劣的判断，不仅仅是掌握了它们的时代特征和个人风格的演变即可，旁证也起着至关重要的作用。尤其是对于一个近乎失传的画家，或者一个近乎无人知晓的画派，在无法得到感性认识下，旁证尤为重要。当然其前提是，要有对于绘画本身较为熟悉的认识和比较。因此，对于孙君泽的认识，我们就是基于这样的基础之上。从某种意义上说，了解了孙君泽，也就能够对"浙派"在明初的横空出世给出较为满意的答案。

# 关于庄蓼塘

关于庄蓼塘的史料，极为有限，仅知其是收藏家：藏书、藏画相当丰富，且在当时颇为著名。而今知其人者已稀，故略作勾稽，以彰其人其事。

陶宗仪《南村辍耕录》卷二十七《庄蓼塘藏书》一节云：

> 庄蓼塘，住松江府上海县青龙镇，尝为宋秘书小史。其家蓄书数万卷，且多手抄者。经史子集，山经地志，医卜方伎，稗官小说，靡所不具。书目以甲、乙分十门。蓼塘既没，子孙不知保惜，或为虫鼠蚀啮，或为邻识盗窃，或供饮博之需，或应糊覆之用。编帙散乱，所存无几。至正六年（1346），朝廷开局修宋、辽、金三史，诏求遗书，有以书献者，予一官。江南藏书多者止三家，庄其一也。继命危学士朴特来选取。其家虑恐兵遁图谶干犯禁条，悉付祝融氏。及收拾烬馀，存者又无几矣。其孙群玉悉载入京，觊领恩泽。宿留日久，仍布衣而归。书之不幸如此。

从这段文字中，足以知道庄蓼塘藏书之富，资产之丰，以及在宋末元初藏书家中之名望。"悉付祝融"，不仅是书之可哀，亦是藏书者之可哀，一生心血，付之一炬，岂不悲哉？然历览藏书史，这种情况却常有发生，尤以鼎革之际为烈，屡见不鲜，令人痛心不已。

关于庄蓼塘的史料，此节文字算是祖本，后来的著述多是在此基础之上略作发挥而已，如《松江府志》便是：

> 庄肃，字恭叔，号蓼塘，居青龙镇。仕宋为秘书小史。宋亡弃官，浪迹海上。性嗜书，聚至八万卷，手钞经史子集，下至稗官小说，靡所不具。书目以甲、乙分十门。至正间，修宋、辽、金史，诏示遗书，危素购于其家，得五百卷。

庄蓼塘宋时尝为小史，宋亡弃官之语，则可知其事迹与钱选、周密、仇远等人略似，为宋遗民。这里所谓的"聚至八万卷"，"得五百卷"，数目确凿，然不知依据。而杨瑀《山居新语》卷一又"上海县士人庄蓼塘者，藏书至七万卷，其子欲售之，买者积年无有，好事者可见其鲜"云云。这里又将藏书又降至七万卷，更使人不知以何为准。

至于"其子欲售之"，估计应该是庄蓼塘去世之后的事，个中原因大略有二：其一，子孙不喜欢藏书，故"欲售之"；其二，庄蓼塘去世后，家道中落，其子不得不"欲售之"。至于"买者积年无有，好事者可见其鲜"，由此可见元中后期的收藏界和元初已经大不一样，推其原因：不外乎是社会动荡，造成生活不安定，以及经济能力急剧下降，——这也是元代灭亡的很大原因。譬如倪瓒的万贯家财散尽，实也是有不得已的苦衷，和社会大环境的急剧变化有着极大的利害关系。

另外，吴履云《五茸志逸》也曾提到庄蓼塘：

> 元文宗时经筵，语及唐《聂夷中诗》，询其有文集否？诸学士以未闻对，或言庄氏富藏书，特旨访其家，果有《聂集》，上之，敕授教授。

按这里所说，庄氏藏书之富上达天听并不止一次，可谓著名了。然这里所载与陶宗仪所记似乎并非一事：案陶氏所载，献书时间为至正六年，即元顺帝第三个年号，时间已经接近元末；而献书的原因是"朝廷开局修宋、辽、金三史，诏求遗书，有以书献者，予一官"；献书者为其孙群玉；其献书的结果则是"宿留日久，仍布衣而归"。而吴氏所记，献书时间为元文宗之时；所取之书仅《聂夷中集》；其结果是"敕授教授"。由此可知，庄氏献书绝非一时一次之数。

清叶昌炽在《藏书纪事诗》中也提到庄蓼塘，云："博进新赏十万缗，隋珠为烛蜡为薪。江南空有求书诏，故纸原难换告身。"当然，其所依据的还是以上那些有限的材料。聚难散易，终究是藏书之事不变的规律。

庄蓼塘家住松江府上海县青龙镇，但其人却好似长年在杭州附近活动。周密《志雅堂杂钞》中有多处记载了两

戴嵩《斗牛图》（台北故宫博物院藏）

人一起寻故访友、文会雅玩、品评赏画之事，不妨摘录如次：

> 壬辰（1292）九月十六日，因谒费万户，名拱辰，号北山；庄蓼塘，名肃。庄出张萱《弹琴士女》一卷，……元乔中山物；戴嵩《戏牛图》一卷，……元雪山物，后归李文宗允，今归庄。
>
> （癸巳）（1293）四月二十八日，庄肃蓼塘出示周昉

《挥扇图》，高宗御题，元张受益者。

> （癸巳十一月）二十六日，访蓼塘，出孙梦卿《松石问禅》一卷，……其价甚廉，问庄，以二定得之，……十二月初三日，又出周昉画，徽宗御题。

> 庄蓼塘新收司德用两卷，内一卷杨庭光画《观音图》，……甲午（1295）九月十二月。

这里所涉及的时间不止一年，过从又是那么频繁。而周密时值晚年，正侨寓杭州，如果说庄蓼塘住在上海，如此频繁地见面似乎会有些困难。或许庄蓼塘在杭州也有别业，故而才有可能和周密以及其他收藏家频频进行文会雅集。以庄蓼塘收藏之富来看，是具备一定经济基础的。杭州作为南宋故都，是文化、政治、经济中心，在这里可以为他们的收藏活动提供更好的条件。当然，由于运河存在，上海到杭州也不是非常困难的事。还有书画船的存在，为衣食为谋利的藏家也会四处主动为藏品寻找较理想的归属。因此，他们之间处于这样的交往方式，也是极有可能的事。

《画继补遗》虽归于庄蓼塘名下，但于其作者却历来并未统一。该书上卷载"搢绅暨诸僧道士庶"，下卷载"画院众工"。八十四篇，涉及画家九十馀人，均有简单的评价。其《自序》云：

> 予自龆龀及壮年，嗜画成癖。每见奇踪古迹，不计家之有无，倾囊倒箧，必得之而后已。否则若有所遗失，致为亲朋之所窃笑。今老矣，平生所藏固不

多，而所见亦不少。第恨炎宋中兴以后，画手率多务工取巧，而行笔傅彩，不逮前人。然姓氏科目，安可废而不书？……予不自揆，辄作《画继补遗》，断自绍兴，终底德祐，分为二卷。……大德二年（1298）戊戌立夏一日，吴郡蓼塘庄肃幼恭序。

大德二年，与收藏界关系极为密切的周密去世，同为遗民的庄蓼塘想必也是戚戚然。庄氏在《画继补遗》自序中，明确地向世人告白了自己对书画的兴趣，以及自己收藏、著书的缘由。再按"倾囊倒箧，必得之而后已"的话，其收藏当有相当可观的数目，且阅览无数。正是因为《画继补遗》中将马远的伯父马公显误为马远之孙，把马远之兄马逵误为马远之弟，所以此书历来不被重视，甚至疑其为伪作。书中对马远、夏圭、李嵩、牧溪等画家，评论颇有讥贬不屑之意，如次：

> 马远，即马兴祖之后，充图画院祗候。家传杂画，然花鸟则庶几，其所画山水人物，未敢许耳。
>
> 夏圭，钱唐人，理宗朝画院祗候。画山水人物极俗恶。宋末世道凋丧，人心迁革，遂滥得时名，其实无可取，仅可知时代姓名而已。
>
> 李嵩，钱唐人，少为木工，颇远绳墨。后为崇训养子，光、宁、理三朝画院祗候，得崇训遗意。虽通诸科，不备六法，特于界画人物，粗可观玩，他无足取。
>
> 僧法常，自号牧溪，善作龙虎、人物、芦雁杂画。

枯淡山野，诚非雅玩，仅可僧房道舍，以助清幽耳。

而这恰恰表现出作者作为宋末元初鉴藏界人物的真实性，即表现出与周密、赵孟頫等人一致的文人审美情趣，以及对"古意"的崇尚。但无论如何，这还是一部研究南宋画史必不可少的参考著作。

庄蓼塘藏品目录，在周密《云烟过眼录》中有所记载，约二十几件，皆赫赫巨迹，然而这仅是庄蓼塘藏品中的一部分而已。以管窥豹，也可以想见其收藏之富之精了。

# 元朱文与赵孟頫

## 一

赵孟頫不独精于书法和绘画，于印章也颇为留心。如对于宋末元初士大夫的印章，他是很有微辞的：

> 以新奇相矜：鼎彝壶爵之制，迁就对偶之文，水月、木石、花鸟之象，盖不遗余巧也。……其异于流俗，以求合乎古者，百无二三焉，……采其尤古雅者，凡摹得三百四十枚，……汉魏而下，典型质朴之意，可仿佛而见之矣。（《松雪斋文集·印史序》）

以此而言，赵孟頫"印章观"和他的"绘画观"是一致的，即以古为贵，崇赏质朴之美。这里我们不妨拈出数条来看其"绘画观"：

> 作画贵有古意，若无古意，虽工无益。……吾所作画，似乎简率，然识者知其近古，故以为佳。（张丑《清河书画舫》）

虽笔力未至，而粗有古意。（赵孟頫《跋幼舆丘壑图卷》）

李唐山水，落笔老苍，所恨乏古意耳。（朱存理《铁网珊瑚》）

由此可以看出，这与他对近世印章的微词是一致的。关于这一点，其实早在明代甘旸《印章集论》中就有明确的揭示："至元间，有吾丘子行、赵文敏子昂正其款制，然时尚朱文，宗玉箸，意在复古，故间有一二得者"，便是。

关于元初印风，学术界一致的认识是：承唐宋遗风，而变本加厉。因此结合甘旸《印章集论》中所指出的数条，再参以赵孟頫《印史》自序中的话，对当时的印风也就非常明确了：

唐之印章，因六朝作朱文，日流于讹谬，多屈曲盘旋，皆悖六义，毫无古法。印章至此，邪谬甚矣。

宋承唐制，文愈支离，不宗古法，多尚纤巧，更其制度，或方或圆，其文用斋堂馆阁等字，交之秦汉，大相悖矣。

胡元之变，冠履倒悬，六书八体尽失，印亦因之，绝无知者。

所以统而言之，一言以蔽之，元初的印风是"新奇相矜"，模拟鼎、彝、壶、爵之外形；为了迁就对偶，极力模仿水月、木石、花鸟之状，故徒有形式之美，而将汉魏以来的质朴之意遗失殆尽。

譬如以"花押"为例。据陶宗仪《南村辍耕录》,"花押"始于后周:

> (后)周广顺二年(952),平章李谷以病臂辞位,诏令刻名姓印用。

但传世"花押"却以元代为多,故世又称"元押"。"元押"大多为朱文;其形制多样,有方形,圆形,长方形,葫芦形等,极尽巧思;一般上一字是楷书姓氏,下一字便是花押,也有全花押的,偶有用蒙古文,是替代签名用的印信,在篆刻门类中别为一种。它在元代的盛行,就可以来印证当时风气的指向了。

赵孟頫印

吾衍私印

面对当时印章的弊病,只眼独具的并非赵孟頫一人,稍晚于赵孟頫的吾丘衍也是明眼人。吾丘衍,又作吾衍,盖避孔子名讳。他所著的《学古编》三十五举,其中自十八举以下,多为详论印篆之要义,也是针对时弊的有的之举,如:

汉有摹印篆，其法只是方正，篆法与隶相通。后
人不识古印，妄意盘曲，且以为法，大可笑也，……
凡屈曲盘回，唐篆始如此。(《十八举》)

自唐用朱文，古法渐废。至宋难渡，绝无知者，
故后宋印文，皆大谬。(《十九举》)

从以上所言，可知吾丘衍对唐宋以来印章违古意、绝古法
也是深恶痛绝的。上述诸论，毫无疑问是对时风的强烈
批判。

那么，赵孟頫他们所表示的复古思想，到底是怎么
回事？和其论画有没有共性？仔细观察赵孟頫和吾丘衍
所留下来的印蜕，不难发现，"元朱文"实在是一种以古
入今的新印风，即既不同于秦之大篆，汉之缪篆，也不同
于唐宋之九叠文，其以小篆入印，创造性地开拓了风姿绰
约、线条流美的一路新印风，为后世邓石如、吴让之的
鼻祖。

于此，早就有艺术史论者指出，在我国文艺史上，打
着复古旗帜而并非复古派的例子很多，如韩愈的古文运动
就是一个极好的例子。再看赵孟頫的山水《鹊华秋色图》、
人物《红衣罗汉》以及其所画的马，都是对景写生，应人
傅彩，据床滚尘而得来的，由此可见，赵孟頫的"复古"
也只是一种幌子——借古开今，而非一味的保守。故而，
赵孟頫在印章中所持的态度也一样，他所复的仅是印章
"古雅之意"，意古而法新：即创造性地将小篆运用到印
章中。

# 二

关于"圆朱文"的名称由来，陈錬在《印说》中说道："元赵松雪善作此体，其文圆转妩媚，故曰'圆朱'，要丰神流动，如春花舞风，轻云出岫。"他这里将元朱文的特征揭示无疑。此或即"圆朱文"名称之由来。后世又因其兴盛于元代，又称"元朱文"。孙光祖在《古今印制》中有相近的意思：

> 圆朱文私印。（玉箸文。秦、汉、唐、宋皆宗摹印篆，无用玉箸者。赵文敏以作朱文，盖秦朱文琐碎而不庄重，汉朱文板实而不松灵，玉箸气象堂皇，点画流利，得文质之中，明以作玺，尤见规模宏壮。）

可见"圆朱文"纯用小篆，朱文细笔，圆转婀娜，似簪花仕女，自有一种风韵。

另，唐愚士题《杨氏手摹集古印谱后》也有"盖汉有摹印篆，……元官、私印亦用阳文，作俑始自文敏"之语。这里几乎是众口一致，说赵孟頫是"元朱文"的始作俑者。而事实到底是不是如此呢？夏溥《学古编序》提出一种似乎不一样的意见：

> ……遂变宋末钟鼎图书之谬。寸印古篆，实自先生（吾丘衍）倡之，直第一手，赵吴兴又晚效先生耳。

夏溥是吾丘衍的早年朋友，他指出吾丘衍首倡"元朱文"，而赵孟頫又晚效吾丘衍，应该是有根据的。据史料记载，吾丘衍精于文字学，擅长篆书，对印章又有深刻的研究，从专业的角度而言，完全有这种可能性。而且吾、赵同处江南一地（杭州、湖州），因此，至少两人互有影响或许是确凿无疑的。故"圆朱文"的首创或以吾丘衍为宜，而赵孟頫继之。又以两人学问相当，故互有启迪，互有切磋。因此，《学古编》中的许多观点，也许为赵、吾两人所共识。吾丘衍早亡，且是布衣终其一生，地位、名望均不及赵孟頫，尽管当时他的弟子也颇多，但其影响，终究还是有限的，不能像赵孟頫一样影响到元代的上层阶级，乃至全国范围。虽然赵孟頫比吾丘衍年长近二十岁，但赵孟頫用心在于书画文章，斯道终是随兴偶涉，远不及吾氏专精于小学。所以，后世以赵孟頫位尊名高，把"元朱文"的功劳大部分归于他的名下，实是更为合情合理。

唐、宋以来，鉴定书画以签名定真伪，后则常以印章替代（参见沙孟海《印学史》）。今可见较早的有唐太宗"贞观"两字连珠印，王涯"永存珍秘"；其后则有李后主"建业文房之印"、宋徽宗"大观"、"宣和"，以及米芾"米芾秘箧"，贾似道"秋壑珍玩"，等等。又因印文往往多为"某某图书"，所以后世遂以"图书"为"印章"之别名。赵孟頫在其《印史》自序中所持也是此说，可见当时印章的功用还是停留在唐、宋时期。

探究印章发展史，唐、宋时期的印章，无论官、私印均以九叠文为主，趋于呆板，毫无艺术性可言，用于鉴藏图书、法书、绘画之上已经极不协调。关于这一点，宋代米芾在其《书史》中已提及，并且明确地说鉴藏印要以"细文细圈"为好，"印文须细，圈须与文等"。对于当时"三馆秘阁之印"，他则有"文虽细，圈乃粗如半指，亦损书画也"的批评。《书史》中还说到画家王诜，甚至要米芾帮他篆印面，以达到细文细边的效果：

> 王诜见余家印记与唐印相似，始尽换了作细圈，仍皆求余作篆。如填篆自有法，近世填皆无法。（《书史》）

由此足见，自米芾等文人书画家开始，对印章的审美需求提高，把印章和书画本身作为有机整体来考虑，所以才有唯恐"有损书画作品"之虑。基于此，我们不妨认为：圆朱文的出现正是日趋成熟的文人收藏家审美需求下的必然产物。但由于对篆书认识与书写功夫的不足以及印材（宋元时大多用的是硬性印材，如牙、玉等）等诸多方面的原因，尚未能尽如人意，但相对前人而言，无疑已经跨越出巨大的一步。

元初，赵孟頫周围聚集着一群特殊的文人群体，他们以收藏书画为乐事，经常举行类似"雅集"的活动，论文说艺，赏书观画，聆听古琴，乐此不疲。其中既有宋朝的遗民，如周密等；又有元朝的官吏，如乔篑成、仇锷、张谦等；还有书画名家，如鲜于枢等。鉴赏之馀，也涉及印章的讨论，而赵孟頫和吾丘衍所创的以小篆入印的"元朱文"，恰恰符合这些文人书画家"细文细圈"的审美需求，当然，也不能排除"元朱文"也有他们这一群体直接或间接参与的可能，只是缺乏材料证实而已。因为一种印风的形成，需要有不断改进的过程，所以应该有一个与之相关的群体，相互参与研讨、启迪。

因此，"元朱文"在元代的风靡一时，蔚为壮观，是历史发展的必然。考察历代书画作品上的鉴藏印，用的最多，效果最佳的是"元朱文"，而这路印风一直发展到近代的陈巨来方为极致，而他正是在吴湖帆的启发之下，广览历代鉴藏印的基础之上，方成此规模，为"元朱文"的集大成者。

赵孟頫和吾丘衍均擅长篆书。赵孟頫有《六体千字文》传世，其造诣自是有目共睹。吾丘衍亦有杜牧《张好好诗卷》后的一小段题跋是用篆书写的，可见也是精于实践的。但是他们是又篆又刻还是自己摹篆倩人刻之呢？史料中并没有明确的记载。据沙孟海《印学史》说，元时印章大多用的是硬性印材，以此推测，是不宜于文人自刻的，应当倩人镌刻为宜。夏溥《学古编序》中有他拜访吾丘衍时见其写篆的记载："候先生好情思，多求诸人写私印，见先生即提新笔书，甚快，写既自喜。"又吾丘衍《竹素山房诗集》卷三有《赠刻图书钱拱之男钱瑊二绝句》，诗云：

唐人小印网蛛丝，汉篆阴文古且奇。赖有钱生能识此，免将古谱较参差。

一种青铜自琢磨，尔家铜色似宣和。十年为尔腾声价，不道平生篆已多。

由此诗可以推想，吾丘衍所写印章，自有如钱拱之一流的刻工所为，而其极有可能即常为吾氏镌刻图章之人。另外，陈基在致钱逵的信札中也有"兹欲求篆一图书及两扁图书，乞分付卢小山家一刻"云云。由此可见，当时情形是写好篆文后请人代刻为主。又明代的朱简在《印经·赞绪篇》中亦有"入元则有吾丘竹房、赵松雪辈，描篆作印，始开元人门户"之语。这里仅指赵孟頫和吾丘衍"描篆作印"，并没言及自刻。

另外，吾丘衍、赵孟頫二人以全面的艺术修养，精湛的文字修养，偶尔尝试于此，故所设计的印面规范、整饬且富于文人情趣，从这一点而言，这是匠人们所无法企及的。更何况赵孟頫还有着显赫的艺坛盟主地位，他的亲身实践，自然会有大批的仿效者，因此，自赵氏以后，"元朱文"才得以蔚为壮观起来，是符合历史发展规律的。

清代钱杜云："唐宋皆无印章，至元时始有之，然少佳者，唯赵松雪最精，只数方耳，画上不常用。"（见葛路《中国古代绘画理论发展史》）虽不完全正确，但至少透露出两条信息可以参考：其一，书画作品和印章作为有机整体进行搭配，且能"佳"者，自赵孟頫始；其二，赵孟頫虽有佳印，但不常用。考察赵孟頫的书法、绘画作品，也可证实的确不常见，但能相得益彰。这些都可以证明，自赵孟頫始，已经把收藏鉴藏用的钤印有意识运用到自己的艺术实践中，并且作为其中的一部分，是米芾、王诜等文人审美情趣的进一步延伸和发展。譬如唐、宋时期画上均少跋或无跋，出现较多文字的跋，一般都认为源于苏轼、米芾。赵孟𫖯在画上大段的跋语，当和苏、米的文人思想一脉相承，亦是一证。

三

赵孟𫖯辑有《印史》二卷，可惜今已失传，无从睹其风采。仅自序一篇存于《松雪斋文集》，可以领略其大概。据他自己说，《印史》一书源于程仪父（即程棨）《宝章集古》，内有两部分：一是摹于《宝章集古》中尤古雅的印文三百四十枚；另一是"修其考证之文"。

按集古印谱早在宋代就有人开始辑录。约宋淳熙年间王俅（子弁）的《啸堂集古录》为我国较早的集古铜器铭文之书，是书中亦存古玺印三十七方，并附释文。元代除了前面所提到的程仪父《宝章集古》，还有钱选《钱舜举印谱》、吾丘衍《印式》及其弟子吴睿（孟思）《吴孟思印谱》（又名《汉晋印章图录》）、叶森《汉唐篆刻图书韵释》、杨遵（宗道）《杨氏集古印谱》、朱珪《印文集考》、柯九思《集古印谱》等，风气之厚，由此可见。

赵孟𫖯撰《印史》一书，其实有两个目的。一是以具体的印迹来阐述自己对"古雅"印风的追求，为世人提供直观的借鉴材料；二是修正《宝章集古》内考证错误的地方。描摹印章的过程既是赵孟𫖯学习的过程，也是启发赵孟頫后来自篆印文进行创作的因子，使赵孟頫成为继米芾之后，又一个尝试斯道的文人。同时，"修其考证之文"，也说明赵孟頫对印学素有研究，才能够修正《宝章集古》内考证错误的地方，这点是他不同于前代或当代其他集古印谱作者的地方。

据此，我们完全有理由相信，赵孟頫金石学造诣也应当是很深厚的，不然他不可能具备"修其考证之文"的能力。按前面所云，元初对印章艺术的研究，是收藏衍生出来的产物，初期仅作为辨别真伪的参考内容之一，而赵孟頫在此基础之上，又向前迈进一步，施之于实践，因此赵孟頫在印史中的地位和作用就显而易见了。

# 一夜相思，几枝疏影

## ——读《宋元人梅花三昧卷》

宋、元之际，不但出现了大批擅于咏梅的诗人，而且还出现了许多以画梅著称的画家，更有《梅谱》、《梅花喜神谱》这样的专著出现。《宋元人梅花三昧卷》便是在这样的背景下产生的，疏影暗香历经千馀年而犹自清新袭人，其间别有因缘。

## 一

扬无咎题《四梅图》云："范端伯要予画梅四枝，一未开，一欲开，一盛开，一将残。仍各赋词一首，画可信笔，词难命意，欲之不从，勉徇其请。予旧有《柳梢青》十首，亦因梅所作，今再用此声调，盖近时喜唱此曲故也。"《柳梢青》，又名《陇头月》，双调，49字。扬无咎，字补之，号逃禅老人、清夷长者，清江（今江西）人。范端伯，名直筠，范仲淹曾孙。乾道元年，即1165年，扬氏时年六十九岁。由此跋可知，宋末此曲颇为流行，所以扬补之以之咏梅，也算是从众吧。所谓"旧有《柳梢青》十首"，又别见徐禹功《雪中梅竹图卷》，如次：

　　傲雪凌霜。爱他梅蕊，挽借春光。步绕西湖，兴馀东阁，可奈诗肠。　　娟娟月转回廊。悄无处、安排暗香。一夜相思，几枝疏影，落在寒窗。

　　雪艳烟痕。又邀春色，来到芳樽。忆昨年时，月移清影，人立黄昏。　　一番幽思谁论，但永夜、空迷梦魂。绕遍江南，缭墙深院，水郭山村。

　　茅舍疏篱。半飘残雪，斜卧低枝，可更相宜。烟藏修竹，月在寒溪。　　亭亭伫立移时，判瘦损、无妨为伊。谁赋才情，写成幽思，画入新诗。

　　月堕霜飞。隔窗疏瘦，微见横枝。不道寒香，解随羌管，吹到帘帷。　　个中风味谁知。睡乍起、乌云任欹。嚼蕊捋英，浅颦轻笑，酒半醒时。

　　月转墙东。几枝寒影，一点香风。清不成眠，醉凭诗兴，起绕珍丛。　　平生只个情钟。渐老矣、无愁可供。最是难忘，倚楼人在，横笛声中。

　　玉骨冰肌。为谁偏好，特地相宜，一段风流。广平休赋，和靖无诗。　　绮窗睡起春迟，困无力、菱花笑窥。嚼蕊吹香，眉心点字，鬓伴簪时。

　　为爱冰姿。画看不足，吟看不足。已恨春催，可堪雪里，飞英相逐。　　只应标格孤高，似羞对、妖红媚绿。藏白收香，放他桃李，漫山粗俗。

　　水曲山旁。寒梢冷蕊，隐映修篁，细细吹香。疏疏沈影，恼断回肠。　　□为驻马横塘，漫立尽、烟

75

村夕阳。空枭吟鞭，几多诗句，不入思量。

天赋风流。想时宜称，著处清幽，雪月光中。烟溪影里，松竹梢头。　生憎人在高楼，羌笛怨、惊催冀秋。不道明朝，半随风远，半逐波流。

屋角墙隅。占宽闲处，种两三株，淡月微云。嫩寒清晓，香彻庭除。　群芳欲比何如，瘿儒岂、膏梁共途。因事顺心，为花修史，须纪中书。

（《式古堂书画汇考》画卷之十五）

词中分别为咏未开、欲开、盛开、将残之花，切题之甚，颇合寒梅风骨，堪为梅花知己。《柳梢青》十首之末，扬补之又有"平生与梅有缘，既画之，又赋之，自乐如此，不知观者以为如何也。然老境对花，一时歌之，岂容投他人耳目，非知音不可以示也"之跋。扬补之诗、画兼擅，与书法有"三绝"之誉。所以他对花放歌，情到深处，人却孤独，因此"非知音不可以示也"，实际上也是其自重之体现。

《宋元梅花合卷》，现称《雪中梅竹图卷》，而卞永誉《式古堂书画汇考》作《宋元人合卷·宋扬补之徐禹功元吴莹之吴仲圭四梅合卷》；吴升《大观录》作《徐禹功梅花三昧图卷》；安岐《墨缘汇观》则作《宋元人梅花三昧卷》，名殊而图实一。此卷绢本，水墨，纵30厘米，横122厘米，现藏于辽宁省博物馆。关于此作真伪，历来所论不一。清初佚名《装馀偶记》卷一在《徐禹功梅竹卷》上端有"画假跋真。竹干上题辛酉人作。及装时见刷痕，乃刷去前款，尔后添四字。重添，非禹功矣"的朱笔批语。而关于拖尾扬补之所书《柳梢青词》十首，昔启功等"七人小组"则有"扬无咎书疑为南宋人所书"的论断。

二

此卷卞永誉《式古堂书画汇考》中作四段：第一段为补之梅竹并题词；第二段为禹功墨梅，后有赵孟坚跋二，张雨次补之《柳梢青》韵词一；第三段为莹之梅竹并题词，后附淡斋高仪甫诗一，虞集题一；第四段为仲圭老梅并题一，后接莹之复题一，吴宽诗一，杨循吉跋一，黄云敬跋一，僧上振识一。

而吴升《大观录》中则说此卷以徐禹功所绘"竹根梅一株，铁干嶙峋，花朵肥绽；竹三干，节叶纷披，俱水墨烘晕作雪景"为主体。徐禹功所写即"雪艳烟痕"词意也，玉骨冰肌，雪后园林，自是别有一番境界。接在其后的凡宋、元纸五段：

> 首补之题《柳梢青》十词，行大押六分；次子固二跋，字寸馀；……下伯雨小楷书词三行；次莹之写竹一枝，右书词，左署款；次高仪甫题；次仲圭写老梅一枝，花三四朵，略点蓓蕾，草书长跋二十三行，莹之续题八行，押朱墨印；次则匏庵君谦诸跋也。

与之将卞永誉所著相比较，所不同者有四处：其一，并无扬补之墨梅，且扬补之《柳梢青》十词是接在徐禹功雪梅之后；其二，张雨跋中的"己丑"误作"乙丑"；其三，虞集的跋失载；其四，卷末新增清真居士徐守和跋二。吴升为乾隆年间人，可知自卞永誉之后的短短十数年间，此卷已作了很大改观：扬补之墨梅失却，虞集跋失载，增后世藏家跋二段。

回过头再看卞永誉《式古堂书画汇考》中僧上振题跋有"题词墨迹顿还旧观"之语，我们不禁要问，则此卷"旧观"当是如何？细审诸跋，似有所得。扬补之十词末有"右柳梢青十首，平生与梅有缘，既画之，又赋之，自乐如此"之语，则似乎是书画并俱。但是再仔细地研究赵孟坚以下宋、元时期的诸家题跋，都没有言及扬补之的画，惟有张雨跋中有"谨次首篇《柳梢青》韵"一语，然亦未见言及其画。由此可见，自赵孟坚宝祐丁巳(1257)至至元戊子(1288)止，此卷中均无扬补之的画，所以其至元戊子之前的"旧观"仅徐禹功雪梅及扬补之《柳梢青》十词而已，其中扬补之的画何时失却，并不知道。

根据赵孟坚跋中"悦贤师所藏徐君禹功"之句，可知此卷宝祐丁巳年间为悟悦贤师所藏。又根据吴镇跋中"武林唐明远持禹功梅来"之语，则可知此卷元至正戊子年间为武林唐明远所藏。大概是唐明远得到此卷之后，便欲掇拾时贤高手墨梅以为后续，于是吴瓘、吴镇遂成为其首选的目标。首先于至正戊子(1348)孟冬请吴瓘写之；十月，又请吴镇继之。之后不久，唐明远装潢成卷，又复请吴瓘题跋并赋诗一首："逃禅亲授写梅法，二百年来徐禹功。竹外一枝清绝处，孤山风雪夜茫茫。"至此，此卷的"旧观"则由一增为三，而长卷面目也基本定了下来。

通过卞永誉《式古堂书画汇考》中僧上振"最后竟获补之此幅，繁花淹霭，烂熳天真，于是翰墨因缘合并意外。……暇日装潢成卷，聊娱心目"的跋语，可知《式古堂书画汇考》所录卷首的扬补之墨梅并题词乃僧上振所增。卞永誉生活于康熙年间（1662—1722），则僧上振当为清初以前的人。因此，明末清初之际，此卷的"旧观"赫然有扬补之的墨梅添在卷首。

然而到了安岐《墨缘汇观》中，又称此卷为"徐禹功雪梅、吴瓘梅竹并题词、吴镇老梅并题"三段，可见这时扬补之的墨梅并题词均已不存，"旧观"又有了变化。

而今观看辽宁博物馆所藏《宋元梅花合卷》原卷，虽然依然不复见扬补之墨梅，但已然又增见了其题词，由此可见，安岐之后又经过了重装。至于扬补之的墨梅题词，如何得而复失，失而复得，想必其间定有故事，可惜无从掇拾。

一卷图画，反复如此，其间所经历的人事变幻、悲喜离合可以想象一二。因此，不能不令人有"画犹如此，人何以堪"的感慨。


三


墨梅一脉，赵孟坚在此卷的题跋中所述甚详：

逃禅祖华光，得其韵致之清丽；闲庵绍逃禅，得其萧散之布置；……僧定花工枝则粗，梦良意到花则未；女中却有鲍夫人，能守师绳不轻坠；可怜闻名未识面，更有江西毕公济；季衡丑俗恶札祖，弊到雪篷滥觞矣。（《雪中梅竹图》赵孟坚跋）

诗中于华光、逃禅、闲庵、僧定、梦良、鲍夫人、毕公济、季衡、雪篷一路而下，其中尚未涉及徐禹功的名字，以其声名不彰之故，所以知者寥寥。连赵孟坚也自认为孤陋寡闻，简直有点有眼不识泰山了："初不知禹功之能也，今观悟悦贤师所藏徐君禹功之作，盖于诸人之外，最得逃禅之体者，惜余前未闻知，后人吟更清，岂可少之。"（《雪中梅竹图》赵孟坚初跋）观画而知人，赵孟坚认为最得扬补之衣钵的是徐禹功。在认识了徐禹功之后的是年冬天，赵孟坚又结识了江右谭季萧这位写梅高手，其"画如鲍安人，亦工枝梢，不清畅耳，远胜刘梦良也"。（《雪中梅竹图》赵孟坚二跋）禹功、季萧的默默无闻，令赵孟坚不得不产生"世间有艺学不得闻于人者何既哉"的感慨。至此，赵孟坚之前"逃禅宗派"一脉，历历清楚。

徐禹功，扬补之弟子，生平不详。以《雪中梅竹图》"辛酉人禹功作"款而言，辛酉当为其生年，即南宋绍兴辛酉年(1141)。工梅竹，传扬无咎衣钵，具萧散之趣，后世评者认为已达"精绝"之境。通观墨梅的发展史，以技法而言，徐禹功的墨梅似乎更接近汤叔雅(正仲)，即"倒晕法"的运用。"倒晕法"是仲仁"墨晕法"（又作墨渍法）、扬补之"圈瓣法"之外的第三种写梅的方式，其具体方法是用墨笔勾勒花朵，以淡墨在花朵四周晕染，从而突出花的冰清玉洁之品性。因此，此法的产生不能排除是在受前两种方式启发的基础之上重新构建的可能性。徐禹功和汤叔雅同为扬补之的弟子，又同处江西一地，相互切磋相互影响，亦有可能。

以构图而言，徐禹功的《雪中梅竹图》似乎开启元以后墨梅构图的先河。扬补之《四梅图卷》还是"按时间序列发展为可独立观察的画面"，徐禹功却创作出连贯的卷轴作品：一枝小梅，从斜下方进入画卷，随着树枝的衍生、花朵的增加，从而营造出复杂繁盛的氛围。而这种构图在元代似乎成为模式，王冕、陈录常用之。最后，修竹的出现，似乎抑止了墨梅的进一步蔓延，遂戛然而止。"整幅卷轴遂以竹叶梅花交错缠绵而结尾"（［美］毕嘉珍《墨梅》第八章）。


## 四


关于吴瓘，资料不多，惟以《义门吴氏谱》最为详细：

> 吴瓘，字伯阳，一字莹之，号知非。嗜古玩，善写梅竹、山水，海内宝之。精易理奇门之术。授嘉兴路、崇德州、安丘巡检，至常州、武进县尉，□都水司致仕。治别业，有嘉林、吴园、竹庄等处。墨迹海

内珍重，有画谱传世。其《墓志》，《竹庄嘉林诗文》存首卷。

按《义门吴氏谱》所载，吴镇为义门吴氏第二十世孙，吴瓘为第二十一世孙，故以辈分而言，吴镇则长吴瓘一辈。但是根据吴镇《雪中梅竹图》卷后跋"吾乡达竹庄老人"云云，则吴瓘年龄似略长之。其"精易理奇门之术"，可见与吴镇颇多同好。吴瓘家有园林之胜，别见《南村辍耕录》卷二十六，文中说到元代浙江地区园苑盛景的兴废，继松江下砂瞿氏、嘉兴魏塘陈当（爱山）之后，就是吴瓘的"竹庄"：

> 自后，其地吴氏之园曰竹庄，盖元有池陂数十亩，天然若湖。莹之尝买得《水殿图》，据图位置，构亭水心，潇洒莫比。哗讦之徒，欲闻诸官，亟塑三教像于中，易曰"三教堂"，人不可得而入矣。莹之卒，荐遭兵燹，今无一存者。

由此可见其家饶有资财，绝非寻常人家。又所谓《水殿图》不知是否即燕文贵《烟岚水殿图卷》。若据此图位置，"构亭水心"，则规模宏阔，绝非泛泛之辈，当是曹知白、倪瓒、顾瑛一流的人物。"塑三教像于中"，盖借宗教以自保也。由此可知元时富贵人家之不易。倪瓒散尽万贯家财，实际上也是有不得已的苦衷。

《图绘宝鉴》卷五亦云："吴瓘，字莹之，号竹庄老人，嘉兴人。多藏法书、名画，能作窠石，墨梅学扬补之，颇有逸趣。"由此可见其不仅富收藏，且能书善画，可惜画史不传。吴镇题跋中评其墨梅有"吾乡竹庄老人得逃禅鼎中一脔，咀之嚼之餍之饫之，深有所得"之语，同时也夫子自道云："余之作梅，聊自吟啸，岂在悦人心目。"而这些都可以看出两人的梅花取法是一致的，即花光一脉。吴瓘传世之作，目前可知的仅为徐禹功《雪中梅竹图》后所附的"梅竹图"。关于此画的创作经过，吴瓘在题跋中说得甚是清楚：

> 至正戊子孟冬，竹庄梅已蓓蕾，因赋《柳梢青》词。而明远适来索予作，故写梅就书之。瓘，竹庄人。

其后，并以《柳梢青》词一阕系之：

> 墙角孤根，株身纤小，娇羞无力。蟹眼微红，粉容未露，不禁春色。　待东君汩没芳姿，渐迤逦、檀心半坼。缓步回廊，黄昏月淡，那时相得。

明远，即唐明远，钱塘（今浙江杭州）人，生平不详。大约和赵孟頫也有交往。台北故宫博物院藏《元赵孟頫行书赤壁二赋》款属："大德辛丑（1301）正月八日，明远弟以此纸求书二赋，为书于松雪斋，并作东坡像于卷首。子昂。"此明远，疑即彼明远。

吴瓘书法师法鲜于枢，传世之作除了《梅竹图》两段题跋之外，另外吴镇《渔父图》（吴湖帆旧藏，现藏于上海博物馆）卷末尚有吴瓘跋十七行，字作行草：

荆浩作《渔父图》，榻本传于世多矣。仲圭既得其本，遂作此卷，风神潇洒，绝无一点尘俗气味，使人便存休官去家之兴。其落笔命意之时，岂感张志和越范蠡之意度也哉。旧曾作《渔父词》，并书于此："波平如砥小舟轻。托得轮竿寄此身。忘世恋，乐平生。不识公侯有姓名。　野色山光水接天。云烟缥缈思长川。收此景，老梅仙。万顷湘江笔底传。"至正乙酉秋莹之。（吴升《大观录》卷十七）

至正乙酉，即至正五年（1345）。此跋书法极类鲜于枢，盖鲜于枢早年官浙西、东，晚年侨寓杭州西溪，吴瓘能够有机会向其请益并受熏染，也在情理之中。

五

吴镇以山水和写竹名世，而墨梅少见。此帧或许即是其唯一墨梅真迹。然仅此一帧，足见其写梅之渊源及造诣之高下：直承补之遗意，全以书法入画，格调之高，可谓空前绝后。

吴镇在题跋中有"尝观陈简斋《墨梅》诗云：'意足不求颜色似，前身相马九方皋。'真知画者也"之语，以之移赠吴镇自己也是极其恰当的。美国汉学家毕嘉珍在《墨梅》一书中也将吴镇和扬补之作对比："一个写意自在，墨色丰富，用笔粗野。另一个谨慎、柔和、清瘦。"所以遗貌取神，则是艺术上善学的具体表现。接着吴镇跋又云：

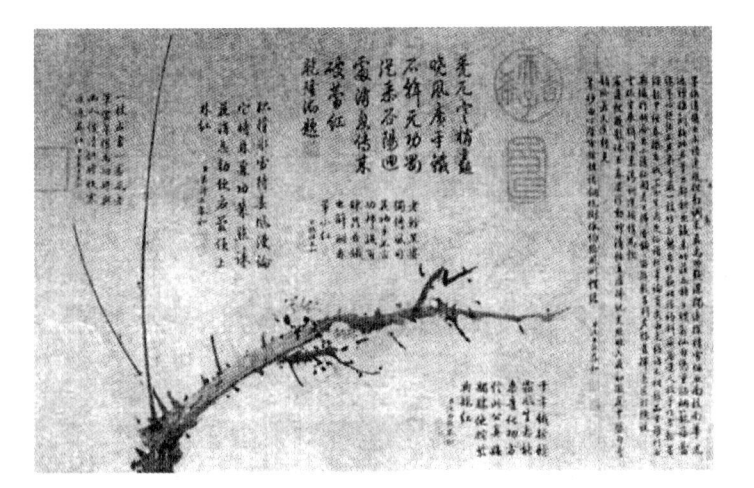

吴镇《墨梅图》(辽宁省博物馆藏)

余自弱岁游于砚池，嗜好成癖，至老无倦，年入从心，极力不能追前人骥尾之万一，自笑东邻之颦，丑矣哉。(《雪中梅竹图》吴镇跋)

从二十多岁(弱冠)到七十馀岁(从心所欲不逾矩)，将近五十年的艺术锤炼，其犹谦逊如此。

吴镇一生嗜梅成癖，据说他的屋舍之旁植梅无数，故所居曰"梅花庵"，自署"梅花庵主"，又号"梅花道人"。癖于斯而痴于斯，所以其一染纸，笔下之墨梅朵朵淡开，遂为千古艺林之绝唱，让后世称叹不已。

# 《马湘兰手书致王百穀八札真迹卷》笺证

王百穀(1535—1612)是文徵明的得意弟子之一,继文徵明之后执掌吴中艺苑。他与"秦淮八艳"之一马湘兰之间的艳事,一直津津于人口。据王百穀说,马湘兰姿色虽属中等,而"神情开涤,濯濯如春柳早莺,吐辞流盼,巧伺人意"(王百穀《马姬传》)。且其能诗善画,尤以墨兰著称于艺坛,为当时文人所喜爱,以致余怀在《板桥杂记》中有未见其人之憾。

## 一

上海图书馆藏《马湘兰手书致王百穀八札真迹卷》(载《历史文献》,第十二辑,上海古籍出版社),对于后世窥测二人的艳事提供了一份极其珍贵的资料。鱼雁往来,其中不乏马湘兰情意款款之语,足以让后世多情种子艳羡不已。该卷初出"深闺"之后,撰文者甚多,但似乎尚未将二人的故事掇拾清楚,甚至还不无曲解之处。更甚者,还有将此卷信札仿真影印,以满足世人的猎艳之心。

原信札八叶，手卷，为钱镜塘旧藏，重裱后以精制楠木盒珍藏。盒盖由吴湖帆题写，曰："鱼腹缄情，马湘兰致王百穀亲笔书札八通合卷，海昌钱镜塘兄秘笈隽品。"卷签亦为吴湖帆所题："明马湘兰手书致王百穀真迹卷。己丑春日吴湖帆为镜塘先生题。"己丑，即1949年。钱镜塘是海宁硖石镇人，与徐志摩同乡。他的收藏，富甲一方。尤其是信札的收藏，既精又富，为近代艺林所艳羡。解放后，捐给各地的金石书画、乡邦文献多达三千馀件。

　　此卷清嘉庆年间为北堂先生所藏，引首有"鱼腹缄情。北堂先生藏马湘兰手札八通，装池成卷，因捡王百穀所作'湘兰诗序'语题之，许乃普为北堂题"之语。北堂，其人不详。由此可知此卷原为信札八通，由北堂裱成手卷。所谓"湘兰诗序"，即指王百穀《湘兰子集》序。许乃普（1787—1866），字季鸿。浙江钱塘人。嘉庆庚辰（1820）科会试第十三名进士，殿试一甲第二名，赐进士及第，授翰林院编修，充实录馆纂修提调官。咸丰十年（1860），获赏太子太保衔。

　　引首之后，接以朱梅村据《秦淮八艳图咏》改绘的"马湘兰拈花小像"。朱梅村乃"梅景书屋"弟子。其后有吴湖帆题跋凡三次，其一为"高阳台"词一阕：

　　　一点芳心，八通犀语，十分婉转温柔。绮障三生，凭传千种绸缪。药炉惊断鸳鸯梦，只消磨、蕙伴兰俦。月悠悠，秋水南华，春草西楼。　　红妆季布旧知名，忆折钗韵事，一笑回眸。孔雀庵深，绿笺翰染香留。几番密札殷勤寄，尽珠玑、小字银钩。细推求、情短情长，多少闲愁。《高阳台》，镜堂兄珍藏所题。

马湘兰手书致王百榖八札卷，丁亥秋日吴湖帆。

这首词亦见《佞宋词痕》卷二。惟这里的"旧知名"作"知名旧"。丁亥，即1947年。是年，吴湖帆的夫人潘静淑已经去世八年了，而他本人也与周炼霞之间韵事频传，而这也是成为近年来艺苑颇感兴趣的话题之一。不管如何，其中的"药炉惊断鸳鸯梦，只消磨、蕙伴兰俦"，所指未必不是"炼师娘"。此卷钱镜塘得之于1947年前，1949年装池毕，请吴湖帆题盒盖并卷签，凡五次，由此可见吴氏于王百榖、马湘兰的故事也是兴致颇浓，惺惺之意，溢于言表。

吴氏题跋之后，即马湘兰致王百榖八札，吴湖帆名之曰：昨事恼怀帖，第一；准游吴中帖，第二；大房被害帖，第三；蕙兰帖，第四；苦雨帖，第五；玉诺帖，第六；握手论心帖，第七；文驾帖，第八。其后，又附吴湖帆、许乃椿、杜际亮、许乃济、石文煌、吴嵘、卢择元、小颠僧、何太清、张石园、潘伯鹰、张宗祥等人题跋十数段。其中自何太清之前，为北堂时原题，其馀为钱镜塘时所题。许乃普、许乃椿、许乃济三昆仲及吴嵘，均见徐乃昌《晚晴簃诗汇》。陆灏先生在《看图识字》中还提到陈定山也有三段题跋，惜任先生整理时并无录入，让人无从知晓其具体内容。陈定山，即陈小蝶，精鉴赏，擅书画。1937

年，曾任故宫博物院在英国伦敦举办的国际博览会书画部审查委员。当时参与者除了他之外，还有庞莱臣、吴湖帆、叶恭绰、徐邦达、王季迁等人。

## 二

吴湖帆在此卷第二段题跋中有"曾问友人，昔冒巢民曾将王百穀致马湘兰尺牍尽付歆厥，流传有本，惜一时无从搜罗，一校事实"云云。冒辟疆与董小宛的韵事，经《影梅庵忆语》渲染，早已脍炙人口，为后世文人所津津乐道。可惜其手辑王百穀尺牍至今难觅踪影，无从探取其"文采风流必动人快意于翰墨场也"。但是很让人快慰的是《王百穀集》中却保存有几帧其致马湘兰的信札，与《马湘兰手书致王百穀八札真迹卷》参读，对于了解二人的这段故事，却不无裨益。

细读《马湘兰手书致王百穀八札真迹卷》，以《玉诺帖·第六》最早。此札在众人的题跋中，均一致认为是作于马湘兰遭受"祠郎有墨者"所困之时。因此马湘兰写这封信时郑重其事，于信末钤"湘兰"朱文印。事见王百穀《马姬传》：

> 祠郎有墨者，以微谴逮捕之，攫金半千，未厌，捕愈急。余适过其家，姬被发徒跣，目哭皆肿。客计无所出，将以旦日白衣冠送之渡秦淮。会西台御史索余八分书，请为居间，获免。

所谓"玉诺",即王百穀向西台御史为马湘兰之困厄"居间"之诺。这件事所发生的时间，至今并无定论。目前都是根据王百穀《马姬传》中"姬与余有吴门烟月之期，几三十载未偿"云云而推，因为"吴门烟月之期"很有可能是在王百穀助其摆脱困厄之后，两人花前月下的缱绻之约。这里所谓的"几三十载"是相对写《传》的前一年而言，即其"七十初度"和马湘兰去世的万历三十二年甲辰（1604）。由此前推三十年，为万历二年（1574）。是年，王百穀四十岁，马湘兰二十七岁。但实际上按王百穀所云，尚未到三十年，因此这件事发生的时间，可以后推至万历三年（1575）之后不久。但吴湖帆在三跋中说王百穀为马湘兰解厄之事，距万历三十二年王氏七十寿辰，"在三十三以前也"，不知何据。又说"约略计之，湘兰已四十许人矣"，则实误算。按湘兰亡于五十七岁，三十三年前，则在二十四岁耳。

"祠郎有墨者"，钱谦益在《历朝诗集小传》中作"墨祠郎"。按"墨"，当作"贪墨"解。《左传·昭公十四年》"贪以败官为墨"，杜预注曰："墨，不絜之称。""有墨者"，即"不洁之人"。"祠郎"，当是"祠部郎中"的简称，明代称之为"祠部清吏司郎中"，清代简为"祠祭司郎中"（《中国历代官称辞典》）。其职责是主管丧祭之事。但除此之外，实际上还有"凡术数、医卜、音乐及僧道并藉领之"（《皇朝通考》）等事也是在其管理范畴之内。按妓女入"乐籍"。因此，明代的"妓籍"，也有可能是其所辖范围内的事。当时马湘兰不知如何得罪于这位"祠郎"大

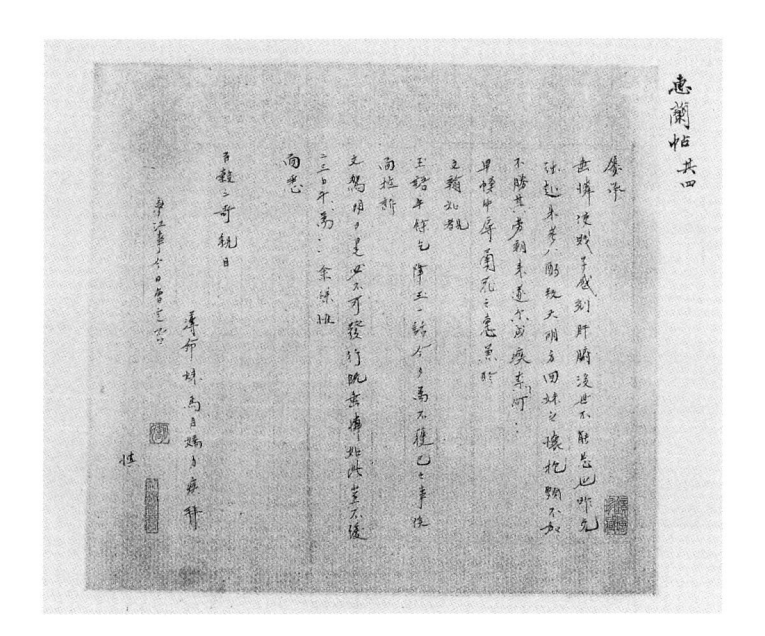

《马湘兰致王百穀八札》之四《蕙兰帖》
（上海图书馆藏）

人，因此被其狠敲竹杠。以马湘兰豪侠的性格，其结果很可能会走"宁为玉碎不为瓦全"的极端，她致王百穀信札中"但千钧之担，皆赖于君，小有不妥，则命不可保"就是这层意思。将以第二日"白衣冠送之渡秦淮河"，足见此事的严重性。"白衣冠"是旧时丧吊用的冠服。如孔尚任《桃花扇·草檄》："这位柳先生竟是荆轲之流，我辈当以白衣冠送之。"便是一例。

王百穀脱马湘兰于困厄之中，于此马氏一直是感恩戴德，如《蕙兰帖·第四》札中有"屡承垂怜，使贱子感刻肝腑，没世不能忘也"，即是。以此而言，此札当接于第六札之后。

王百穀《谋野集》卷二有一封《与马姬》信札，大概就是接到《玉诺帖》，并对摆平此事略有眉目时所复，信札中说：

> 陆先生大有侠骨，遂以君属之，必能出君子险，幸无过自摧残，使王生乞茅山道士药，恐无益千金躯，千万自爱。

这里的不要"自摧残"，应该与前面马氏"宁为玉碎不为瓦全"的极端之言遥相呼应。总之，此事经王百穀以"八分书"打点而"获免"。王百穀从小就擅于寠臼大字，尤其是其八分书，甚得文徵明的衣钵，当时求者门庭若市。西台御史当然卖其面子。且此札中所提到的陆先生，不知是否即此人。事后，马湘兰欲委身于王百穀，但被谢绝。他说：

> （君）念我无人爬背痒，意良厚。然我乞一丸茅山道士药，岂欲自得姝丽哉？脱人之厄而因以为利，去厄之者几何？古押衙而在，匕首不陷余胸乎？

自此以后，马湘兰再也"不复言归"，但实际上并不如是，马湘兰一直是"寸肠绸缪，固结不解"。

关于王百穀的婉拒，亦见于其致马湘兰的信札中，如《谋野集》卷三《答马姬》云：

足下之意，非不绸缪，但老头陀心如槁木，恐一念堕落，累劫难修，不得不以慧剑割之。卿用卿法，于我教中，便同风马牛矣。

此札有"半偈"云云，按王百穀五十岁号"半偈"，可知作于王百穀五十岁之后。又如《谋野集》卷四《与马姬》亦云："湘君鬒而侠，天下无足当君者，独昵昵一老王生也，何故？"正话反说，王氏的不厚道，由此可见。又同卷《与马姬》中还有"马卿一薄号，可当南金千，安得轻'半偈'乎"之语。则此札亦作于其五十岁以后，距救马氏于困厄之时已近十载。马湘兰也是年近四十之人了。接着王百穀又在此信札中大谈其"两儿并为博士弟子"，以及自己当年落第之时，归对"妻子泣牛衣中"等，实际上是打消马氏的委身于其的念头。信札中还提到马湘兰"尚未见客，系臂守宫"，由此可以推想，马氏自有委身王百穀之意起，即誓不见客，至此已近十年了，而中心如一，其情可悯。

但是，就是在这年，王百穀另外写给马湘兰的信札中有"楚少年风度，得当湘君否？阖扉谢客，纵之如海侯门，亦令人叹萧郎是路人也"（《谋野集》卷四）之语，则说明马氏已经改变想法，不再为王百穀"守宫"了。这种态度的转变，应该与上一封信札有关，因为王百穀的再次拒绝，使得马氏彻底感到无望，已不再作任何期盼了。更何况其不操旧业还会有衣食之忧呢？而这，与发生在十馀年之后的乌江少年之事，又何其相似：

乌江一少年游太学，慕姬甚，一见不自持，留姬家不去。俄闻门外索逋者声如哮虎，立为偿三百缗，呵使去。姬本侠也，见少年亦侠，甚德之。少年昵姬，欲谐伉俪，指江水为誓，大出橐蹏，治耀首之饰，买第秦淮之上，用金钱无算；而姬击鲜为供具仆马，费亦略相当。是时姬正五十，少年春秋未半也，锦衾角枕相嬿婉久，而不少觉姬老，娶姬念愈坚。姬笑曰："我门前车马如此，嫁商人且不堪，外闻我以私卿犹卖珠儿，绝倒不已。宁有半百青楼人，才执箕帚作新妇耶？"少年恋恋无东意，祭酒闻而施夏楚焉，始鞅鞅去。（《马姬传》）

面对马氏的接客，而王百穀却又不好受了。他甚至在信札中不无醋意地调侃："不知湘君心似柳絮沾泥无耳？"从此，两人的关系也似乎逐渐由密转稀。据《马姬传》中"余别姬十六寒暑，姬年五十七矣"一语可以推知，除了四年之后，即王百穀五十四岁，马湘兰四十一岁时有过一次会面，直到王百穀七十岁寿辰的十六年间，两人再也没有见过面。

而关于马湘兰这种"寸肠绸缪，固结不解"的情形，在却八札中屡见不鲜，据此我们可以推知八札除了前面所提到的第六、第四札作于"祠郎有墨者"事件之后不久外，其馀六札应该都作于"吴门烟月之期"的缱绻之时。

如《昨事恼怀帖·第一》中"满拟今日必过馆中，不意又作空想，奈何奈何。十年心事竟不能控，此别更不知相逢于何日也"云云，马氏的相思之情溢于言表。这里所谓十年心事，大约即指当年"委身之意"。以此推算，此信札当作于万历十二三年（1584、1585）左右。在等待不得的百无聊赖中，马氏准备了"小袋一件、绉纱汗巾一方、小翠二枝、火熜一只、酱菜一盒"等物送与"百穀二郎"。同时还以"乌金扣十付"来讨王夫人欢心。接着，马湘兰又是千嘱咐，万叮咛："途中酷暑，千万保重，以慰鄙怀"；"玉体千万调摄，毋为应酬之劳致伤元神也"；"早有柬致足下，幸查明复我，千万千万"。对于马湘兰这些经常性的馈赠举动，王百穀曾有信却之："裙、扇、香囊，奚出纤手所成，敢不佩服明贶。其他珍宝累累，皆非'半偈'所须，却归妆阁。"（《谋野集》卷三《答马姬》）

又《准游吴中帖·第二》有"客岁拟今春准游吴中，以遂夙愿，不意竟为势阻，不克舒遂鄙怀，奈何奈何"之语，我怀疑这就是《马姬传》中的"吴门烟月之期"，而这里所谓的"为势阻"，极有可能是不能见容于大妇。所以马氏接下去有"中秋前后，纵风雨虎狼，亦不能阻我吴中之兴也，君当留神，何如"之语，一是告知王郎自己坚定之意，虽"风雨虎狼"而不顾；二是要王郎早作打算。这样也可以理解八札之中，马氏常常以女红诸物来讨好王夫人的举动，实际上是希望能够得到她的接纳。但实际上，由春及秋，由今年而至明年，"吴门烟月之约"却"几三十载"未尝兑现。以致马湘兰每"言及于此，心甚凄然"。其内心只有时时盼望着王郎能"垂怜一二否"。

又《大房被害帖·第三》云："吴中之约屡失，因有所绊"，可见此信札与前信札所作时间相近。至于"会晤无期，临书凄咽，惟心照"，可见其期盼、相思之念甚殷。既不能见面，吴门之约又不得，因此信札中的罗居士等人，想必是二人之间鱼雁往来的"青鸟"吧。

又《惠兰帖·第四》云："早幕中辱兰花之惠，兼聆文翰，如睹玉语，午馀乞降玉一话，今夕万不获已之事，俟面控诉。文驾明日是必不可发行，既垂怜如此，岂不缓二三日，千万千万。"又《握手论心帖·第七》云："昨与足下握手论心，至于梦寐中聚感且不能连袂倾倒，托诸肝膈而已。连日伏枕，惟君是念，想能心亮也。贱恙已渐愈矣，望再缓三二日，当与足下尽控鄙衷也。力疾草草复。宴罢千万降步一面，颙望颙望。心绪如织，不及细陈，惟心照。"又《文驾帖·第八》云："不意命蹇多乖，遂致大病，伏枕惟泪沾沾下也。闻明日必欲渡江，妹亦闻之心碎，又未知会晤于何日也。具言及此，悲怆万状，倘果不遗，再望停舆数日，则鄙衷亦能尽其万一也。病中草草，不尽欲言。惟心亮。今日千万过我一面，庶不负虚待。专俟专俟。"由这三封信札中的言辞，可以看出王百榖当时有金陵之行，且应酬较多，故少有时间与马湘兰相会，所以马氏信札中极尽哀求之辞。相思之苦，由此得知。

这种缱绻、相思之情，其实在马湘兰的一些诗里也有所体现，如《自君之出矣》："自君之出矣，怕听侍儿歌。歌入离人耳，青衫泪点多"；"自君之出矣，不共举琼卮。酒是消愁物，能消几个时"。（《御选明诗》卷十五）浅白之语，将相思之情表露无遗。又《怆别》："病骨淹长昼，王生曾见怜。时时对兰竹，夜夜集诗篇。寒雨三江信，秋风一夜眠。深闺无个事，终日望归船。"（《御选明诗》卷六十七）毫无疑问，这首诗所呈对象是王百穀。"病骨淹长昼"，自然是相思之故。

以上这些信札，且不说左一句"百穀二哥"，右一声"登哥"，更有嘘长问短，体贴入微。还有深切的相思之苦，见之则眉开眼笑，不见则六神无主等等，比比皆是。不但如此，马湘兰还亲手做了许多女红来讨好王夫人。其用心良苦，由此可见。

## 三

万历三十二年甲辰九月十五日，为王百穀七十寿辰，时正菊花绽放，五十七岁的马湘兰"买楼船，载婵娟"，于是一班风华绰约的佳丽浩浩荡荡地来到吴中王百穀的飞絮园，"置酒为寿"。一时之间"绝缨投辖，履舄缤纷。四座填满，歌舞达旦。残脂剩粉，香溢锦帆泾，水弥月姻煴"（《马姬传》），成为自吴王夫差以来从未有之盛事，轰动一时。如张凤翼《处实堂集》后集卷二就有《王百穀诞辰马姬命俦啸侣远来称觞吴中传为胜事赋此》之诗为证。

为王百穀七十诞辰称觞之事，实际上是马湘兰为报答王百穀蓄谋已久之举。她早已以个人的财力和精力充分预备，绝非心血来潮、一时意气之事。之前，她就有信札告知王氏：

迨此次贵友吴公来白下，遥承寄语，藉稔起居佳

97

胜，欢忭奚如。并闻菊秋望日，为檀郎寿辰。届时妾
当买楼船，载婵娟，专赴吴门，捧觞上寿也。身未登
程，神已驰依左右矣。拜晤非遥，虔候晋福。（王秀
琴编《历代名媛书简》）

范景中先生在《马湘兰致王百穀手札卷书后》中怀疑钱谦
益《历朝诗集小传》和潘之恒《亘史钞》中王百穀的生日
"作'秋'，恐误"，"似应作'春'"，并云"见下"，然下
文并无及之。按此札可知，王百穀的生日实为"菊秋望
日"，即九月十五日。经此之后，马湘兰心力交瘁，悄然
去世。可以这么说，此事之后，马湘兰终于了结了多年以
来对王百穀的报恩之心，同时也了却了三十馀年的相思之
情。至此，她了无牵挂，遂从容委化。

王百穀与马湘兰之间，未必是落花有意，流水有情。
大妇的不见容可能是原因之一，但也许王百穀始终并没有
将马湘兰视为同路人，则是原因之二。这些从当年王百穀
将马湘兰拒之门外的一番百般推委的话，也可略见端倪。
更何况他在致马氏的信札中也无同路人意思的流露，如
《谋野集》卷三《答马姬》中"卿用卿法，于我教中，便
同风马牛矣"云云，可以为证。所以当马湘兰"买楼船，
载婵娟"为他祝寿之时，他甚至还说出了一句让马氏足以
泣血的话：

余别姬十六寒暑，姬年五十七矣，容华虽小减于
昔，而风情意气如故，唇膏面药，香泽不去手，鬓发

如云，犹然委地，余戏调："卿鸡皮三少如夏姬，惜余不能为申公巫臣耳！"（《马姬传》）

他以夏姬与申公巫臣为喻，在马湘兰听来，则无异于嘲讽，即便是"戏调"之语，也显得过分了。因此，马湘兰当时心理上所受到的伤害，则可想而知了。为此，马湘兰"归未几，病喝已"。她的病根之所在，可谓明矣。

马湘兰去世后，王百穀挽诗据说有十馀首，但《王百穀集》中未载，其中有云："水流花谢断人肠，一葬金钗土尽香。"（《元明事类钞》卷二十五）诚如范景中先生所说的那样："像湘兰这样的名妓，她的才华，她的魅力，激起的不仅仅是浪漫的风情，她也无意中激发了女性的文明潜能，影响了明清之际才女文化的兴盛。湘兰的名字已成了一种艺术。"（范景中《马湘兰致王百穀手札卷书后》）所以像后来高天成《梦遇马贞娘记》、汪中《经旧苑吊马守真文》的出现，我们自然也可理解了。

# 花事飘零剩有无

——唐寅及其《落花诗》册

　　2014年12月8日至2015年3月8日，苏州博物馆举办的"六如真如——吴门画派之唐寅特展"，将海内外部分唐寅的书画作品汇集一起，让我们有机会目睹这位苏州籍先贤的书画"真容"。其中有二卷静静躺在展柜里的《落花诗》，泛黄的纸张，并没有因为岁月的更替而减少其永恒的魅力。矮纸长行，如泣似诉。在品读书卷的过程中，无论是谁，都会为唐寅的坎坷一生洒下一掬心酸之泪。

　　唐寅（1470—1523），字伯虎，号六如居士、桃花庵主。他出生于清寒之家，其父"贾业而士行"（祝允明《唐子畏墓志铭》）。他一生三娶，而一亡一离。二十四五岁前后，父、母、妹、妻相继离世。三十岁（弘治十二年，1499）时，陷入傅瀚与程敏政之间因权利争夺而引起的科场舞弊案，遭受牵连，从此断绝了功名之路。遭受这些打击后的唐寅，愈加放浪形骸，沉醉于酒色之中，自署为"江南第一风流才子"。虽屡得文徵明等人的规劝而不顾。最后，在苏州桃花坞建"桃花庵"，在卖文鬻画酒色流连中度过了凄苦而寥落的馀年。而其身后之萧条，则令人叹惋不已。

一

唐寅才华超众，在少时就得到文徵明之父文林的器重。文学上，他与祝允明、文徵明、徐祯卿有"吴中四才子"之目；绘画上，他与沈周、文徵明、仇英有"明四家"之誉。同时他还与周臣、杜堇、张灵、王宠等人互为莫逆。唐寅博学多能，诗、词、文、赋、书、画兼擅，尤以绘画最著，可以说人物、山水、花鸟无一不能，无一不精。

对于唐寅的绘画，研究者颇多，不再赘言。但对其书法历代论及甚少。据江兆申先生的研究，唐寅的书法主要受到赵孟頫、李邕、颜真卿、米芾、文徵明的影响。其中尤以受赵孟頫影响最深，在他的各种字体当中，几乎都有着洗刷不尽的赵书气息，因此江兆申先生说："我怀疑唐寅的书法，是以赵书扎实根基，然后又临了不少其他的碑帖。他的手性很好，对于每一种字体都能得到它的精华，因此他常常的轮换着写各种不同的字。"（江兆申先生《关于唐寅的研究》"甲、唐寅的书法"）关于这一点，几乎是唐寅那个时代的通例，可以"明四家"中的祝枝山、文徵明为例。祝枝山虽以草书闻名，但其实楷书也精绝，尤以一手"钟繇体"折服艺林。纵观其一生所师法的对象，除钟繇、二王之外，唐代的欧、虞、颜、柳、旭、素，宋代的苏、黄、米、蔡，元代的赵、鲜于，无一不是其心仪之人。特别是苏、黄、米、赵四家，他更是学得惟妙惟肖，这是阅读其书法集时最直接的感受。文徵明天资不及祝枝山，但勤奋过之。他所师法的对象更为广泛，除了上述诸家之外，文徵明还在篆隶上也痛下苦功，直到九十馀岁还能作蝇头端楷，其功力之深厚由此可见一斑。在文徵明传世的作品中，大字行书多以黄庭坚的面貌出现，小字行草则多有《圣教序》的遗意，小楷则直逼欧阳询、赵孟頫。更令人赞叹的是，他所补书苏轼的《赤壁赋》，形神兼备，不分彼此。为此江兆申先生还列举了许多实例，来证明唐寅与赵孟頫风格的接近：如《山路松声》的题款与赵孟頫《三门记》相近；《三绝卷》上的字，与赵孟頫一般行草面目相似；《山居风雨图》上的题字，与《仇锷碑铭》相近，等等。

由此，江兆申先生还结合唐寅的生平与作品，将其书法分为三个阶段：三十岁以前，从赵孟頫入手，同时因为与文徵明之间的友谊，书法中有着文徵明的影子。如端方旧藏《高人深隐》卷上的题字，与文徵明平时常作的小行草非常接近。三十岁至三十六岁，以颜真卿为主要师法对象。如《落花诗》册(华叔和藏本)、《孟蜀宫妓图》(故宫博物院藏)、《灌木丛条图》(烟台市博物馆藏)、《春游女儿山图》(上海博物馆藏)等画上的题字，"颜味"都很浓。三十七岁以后，回归赵孟頫，并上溯李邕，成为"唐书标准"。他学赵孟頫，并由之上溯李邕，因为他"用笔方面那种生动而有力的表现，与赵孟頫含蓄妩媚的作风不尽相同"。(江兆申先生《关于唐寅的研究》 "甲、唐寅的书法")

其实唐寅的书法主要是出入赵孟頫和李邕,如吴湖帆旧藏《行书七律四首》诗卷(天津博物馆藏)、万承紫旧藏《行书七律二十一首》诗卷(上海博物馆藏)以及顾洛阜捐给美国大都会艺术博物馆的《与容若手书》等,都是其典型的代表作。但他早年实是从米芾入手,如弘治八年(1495)的《行书诗卷》(故宫博物院藏),为其二十五岁的作品,就是一手标准的米芾书札体。而且他学过元人的东西,如《黄茅小景》(上海博物馆藏)的题款,就可以看出受到王冕等元人的影响。最后才是皈依于赵孟頫和李邕门下。

纯以书法而言,唐寅实不及祝枝山、文徵明、王宠等人。于此,唐寅自己也有自知之明,他在致文徵明的信札中说"诗与画,寅得与徵仲争衡,至其学行,寅将捧面而走矣"(唐寅《六如居士集》)。这里唐寅不将书法并提,便是一证。同时,在明代的何良俊、王世贞、周之士等评论家眼里,唐寅的书法也是排不上号的。如何良俊在《四友斋书论》中论明季以来的书家,二沈(沈度、沈灿)之后有宋克、张东海、刘延美、徐天全、李范庵、祝枝山、金山农、徐九峰、文徵明等,并无唐寅在其内。王世贞在《艺苑卮言》也说,当时书法以祝枝山为最,文徵明、王宠次之,接着陈淳、王同祖等人一路而下,并无提及唐寅。又周之士在《游鹤堂墨薮》中也说:

国朝书家自京兆而后,当推徵仲。……王履吉、宋仲温、宋仲衍次之，陆子渊、丰考功、沈华亭、徐元玉、李祯伯又其次者也。至若詹希元、吴宽、杨士奇、黄翰、张天骏、陈白沙、胡文穆、杨升庵、陈道复、周公瑕、罗洪先、王毅祥、文嘉、莫云卿、俞允文，亦自赫赫，取名一时，虽各局一长，然而质既钝滞，学复不能兼通，求其备精众善，追迹古人，则已难矣。

长长的一串名单中，也无涉及唐寅。可见唐寅的诗、画著名，书法次一等，当为事实。

古人所谓的"非人磨墨墨磨人"俗语，实为古往今来书家的经验之谈。唐寅在书法上所下的功夫，实际上不及文徵明、祝允明远甚。他的书法只能说是"才子字"，以天资、才气为之，主要根基于赵孟頫，其他诸家多为浅尝辄止，并没有如祝枝山、文徵明那样使尽了平生的气力。祝枝山也说："子畏为文，或丽或澹，或精或泛，无常态，不肯为锻炼功。"（祝允明《唐子畏墓志铭》）为文如此，为书想必亦如是。祝枝山在《梦墨亭记》还说唐寅"闭户一岁，信步闱场，遂录荐籍，为南甸十三郡士冠"。可见，唐寅的"天授奇颖，才锋无前"，不是虚夸的。和文徵明相较而言，可谓天上地下，难怪文林要如此地欣赏他。因此顾复《平生壮观》中说"六如书不事临池，而性成秀发"，也是符合事实的。

于此，江兆申先生说得极好，"唐寅的环境转变得很快，因此他的心境也转变得很快，同时他的心、手非常敏捷，别人需要几年甚或十几年才能追求得到的东西，在他几乎是随手可得"，此段虽然是论其诗文的文字，其实移到论其书法也是相当的贴切。当然唐寅也不是泛泛之辈，凭着他的才气，心手双畅之作，也往往精彩纷呈。尤其是他的信札，由于信手拈来，佳处真不减赵孟𫖯。

二

"吴门四家"之一的沈周，在弘治甲子（1504）春撰写《落花诗》，一时之间唱和者颇多。关于此段因缘，文徵明在诗跋中说得很清楚：

> 弘治甲子之春，石田先生赋《落花》之诗十篇，首以示壁，壁与友人徐昌穀甫相与叹艳，属而和之。先生喜，从而反和之。是岁，壁计随南京，谒太常卿嘉禾吕公，相与叹艳，又属而和之。先生益喜，又从而反和之。自是和者日盛，其篇皆十，总其篇若干；而先生之篇，累三十而未已。其始成于信宿，及其再反而再和也，皆不更宿而成。成益易而语益工；其为篇益富而不穷益奇。窃惟昔人以是诗称者，惟二宋兄弟，然皆一篇而止，而妙丽脍炙，亦仅仅数语耳。若夫积咏而累十盈百，实自先生始。至于妙丽奇伟，多而不穷，固亦未有如先生今日之盛者。或谓古人于诗，半联数语，足以传世；而先生为是，不已烦乎？岂尚不能忘情于胜人乎？抑有所托而取以自况也？是

皆有心为之，而先生不然。兴之所至，触物而成，盖莫知其所以始，而亦莫得究其所以终。其积累而成，至于十于百，固非先生之初意也。而传不传，又庸何心哉？惟其无所庸心，是以不觉其言之出而工也。而其传也，又奚厌其多耶！至于区区陋劣之语，既属附丽，其传实视先生。璧固知非先生之拟，然亦安得以陋劣自外也！是岁十月之吉。（《文徵明集》卷二十五）。

原来此次《落花诗》的唱和，首倡于沈周，继之以文徵明、徐祯卿，三续于吕秉之，且沈周都又复和之。其后，唱和者则有唐寅、申时行等人。但沈周《石田先生诗钞》所录却仅限于文徵明、徐祯卿、吕秉之三人唱和之作，其唱和时间为弘治甲子春至十月之间。至于唐寅、申时行等人，即属于文徵明跋所说的"和者日盛"的那部分人了。唱和此起彼伏，七十八岁的沈周诗兴依然不减，竟然累叠韵至五十首，详见《石田诗选》卷九《落花五十首》。

辽宁省博物馆藏的《落花诗》卷，录诗十首，为顾文彬过云楼旧藏，其跋尾云：

石田先生尝咏《落花》十篇，人情物态曲尽无遗，而用意炼语，超越前辈，视昔人绿阴（荫）青子之句，已觉寥然矣。间以示予，读之累日不能释手，顾予方被翳林樾，自付陈朽，载瞻飞英，辞条委厕，有不撄怀者哉！勉步后尘，政不自知其丑也。暇日因书一过，并系小图寄兴，吴趋唐寅书。

由此可见，这其实是一卷《落花图并题落花诗》，可惜图今已不传。审其跋文有"间以示予"，当是沈周赋《落花诗》不久之时；至于"予方被黜林樾"，即指科场案之事。因此，此卷十首很有可能是唐寅最初所和《落花诗》，即弘治甲子，三十五岁时所作。而且此卷书法无论是结体，还是用笔都与文徵明接近。按江先生的三阶段论，这是一件第一阶段的标准作。由此也可以看出，第一阶段的书风至少要延续到三十五岁前后。其《落花诗》如次：

刹那断送十分春，富贵园林一洗贫。借问牧童应没酒，试尝梅子又生仁。若为软舞欺花旦，难保馀香笑树神。料得青鞋携手伴，日高都做晏眠人。

夕阳黯黯笛悠悠，一霎春风又转头。控诉欲呼天北极，胭脂都付水东流。倾盆怪雨泥三尺，绕树佳人绣半钩。颜色自来皆梦幻，一番添得镜中愁。

李态樊香忆旧游，蓬飞萍转不胜愁。一身憔悴茅柴酒，三月伤春满镜愁。爱惜难将穷裤赠，凋零似把睡鞋留。红颜春树今非昨，青草空埋土一丘。

杏瓣桃须扫作堆，青春白发感衰颓。蛤蜊上市惊新味，鶗鴂教人再洗杯。忍唱骊歌送春去，悔将羯鼓彻明催。烂开赚我平添老，知到年来可烂开？

青鞋布袜谢同游，粉蝶黄蜂各自愁。傍老光阴情转切，惜花心性死方休。胶黏日月无长策，酒酽茶蘼有近忧。一曲山香春寂寂，碧云暮合隔红楼。

伯劳东去燕西飞，南浦王孙怨路迷。鸟唤春休背人去，雨妆花作向隔啼。绿阴茂苑收弦管，白日长门锁婵娟。蛱蝶翻翻残梦里，曲栏纤手忆同携。

春风百五尽须臾，花事飘零剩有无。新酒快倾杯上绿，衰颜已改镜中朱。绝缨不见偷香掾，堕溷翻成逐臭夫。身渐衰颓类如此，树和泪眼合同枯。

时节蚕忙擘黑时，花枝堪赋比红儿。看来寒食春无主，飞过邻家蝶有私。纵使金钱堆北斗，难饶风雨葬西施。匡床自拂眠清昼，一缕烟茶飐鬓丝。

簇簇双攒出茧眉，淹淹独倚曲栏时。千年青冢空埋怨，重到玄都只赋诗。香逐马蹄归蚁垤，影和虫臂胃蛛丝。寻芳了却新年债，又见成阴子满枝。

芳菲又谢一年新，能赋今无八斗陈。命薄错抛倾国色，缘轻不遇买金人。杜鹃啼血山中夜，蝴蝶游魂叶底春。色即是空空是色，欲从调御忏贪嗔。


唐寅和沈周《落花诗》时，已经历了家庭惨变、科场冤辱等事，实际上是满怀消极、愤懑以及无奈情绪。尤其是他在经历磨难之后，横亘于胸中的块垒之气无由宣泄，《落花诗》的创作过程，其实是一次很好的借落花、风露而宣泄的机会。因此，伤春感怀的字眼背后，都是对痛苦遭遇的抒泄。如"刹那断送十分春，富贵园林一洗贫"，不就是他因科场案的牵连，人生历程急剧改变的真实写照；"颜色自来皆梦幻"，不也是和他惨痛之后易号"六如居士"的心境如出一辙；"绝缨不见偷香掾，堕涩翻成逐臭夫"，不正是唐寅受科场案牵连之后的真切体会；"一身憔悴茅柴酒，三月伤春满镜愁"，又岂不是他自磨难之后，每日生活的真实记载；"仙尘佛劫同归尽，坠处何须论厕茵"、"色即是空空是色，欲从调御忏贪嗔"，又岂非他历尽痛苦之后，无奈中的达观和自我开解之语；"和诗三十愁千万，肠断春风谁得知"，愁肠累恨，一泻千里，其内心的寂寞和凄苦可想而知。俞平伯在《红楼梦辨》中认为，曹雪芹在写作林黛玉时，是受到了唐寅的影响，其实大可不必如此牵强，倒是曹雪芹于唐寅的凄惨身世有所共鸣，不期然而然的暗合。尤其是看见落红满地，诗人的感怀却一定有其一致性的。

中国美术馆藏《落花诗》卷，录《落花诗》七首，《漫兴》十首。款曰："嘉靖改元清明日，晋昌唐寅书。"嘉靖改元，即嘉靖元年（1522），第二年十二月，唐寅去世。此卷书法"颜意"迭出，同时又有李邕的笔法存其间，虽不及中年的流美，但实已归于平淡，是唐寅最晚的一个写本。

除了此次展出的二卷之外，唐寅《落花诗》其实还有多卷墨迹存世。现知主要有苏州灵岩寺（以下简称苏本，下同）、普林斯顿大学附属美术馆（普本）和江兆申先生《关于唐寅的研究》中所收录的华叔和先生藏本（华本）。另外《式古堂书画汇考》卷五七中，也著录有一本《唐子

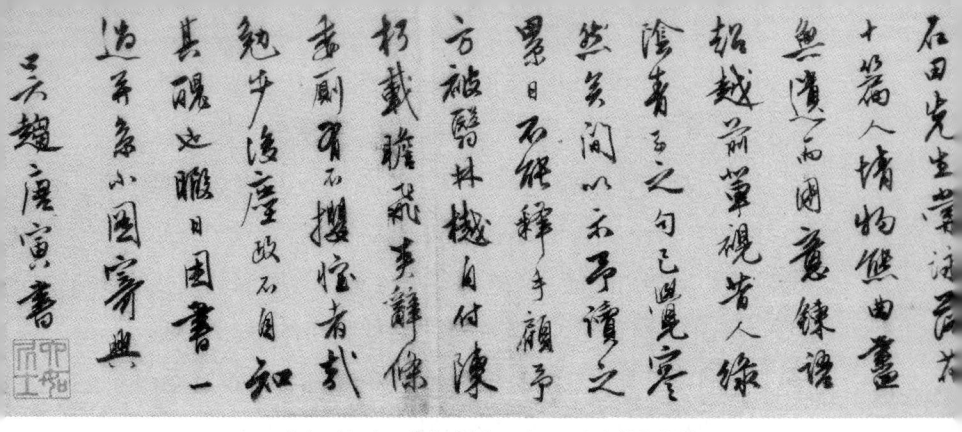

畏落花图并题落花图咏》，款作"正德庚辰（1520）仲秋吉日，偶录《落花诗》并画于上"，是年唐寅五十一岁。于此可见，唐寅的《落花诗》本子甚多，断断续续从中年一直到晚年，都在抄录。

普本无缘得见，但据说此卷录诗二十一首，风格与苏本比较接近，但时间似应比苏本略早；华本从风格上看，应该也是与苏本同一时期的作品。其中苏本一般都作苏州博物馆藏，其实是苏州灵岩寺藏品，曾由苏州博物馆代管过一段时间。原件为纸本册页，1985 年曾由文物出版社刊印发行（《历代碑帖书法选》之一），故化身千万，流传最广。此卷共录《落花诗》三十首，为目前所见录诗最多的作品。此帧书法舒疾有序，从容不迫，飘逸中尽显风流，玉骨丰肌，一如其人。因此，此册无疑是唐寅最为精彩的杰作之一，是其传世的书法代表作之一，大可与赵孟頫相媲美。如果按照江兆申先生的分析，则这件《落花诗》册，可以认为是唐寅书法第三阶段风格的标准作，赵（赵孟頫）意而李（李邕）味，且流美过之。卷末有"南京解元"一印。唐寅因在弘治十一年（戊午，1498）举乡试第一，故有此印记之。不过这已经是六年前的事了，对其而言，而今一切都已成过眼云烟。

## 三

沈周《落花诗》一出，尤以唐寅所和最多。他触景感怀，一和再和，一书再书，因此如上所述存世墨本颇多。今可知其所和《落花诗》有四十七首之多，其中三十首见于《六如居士集》，十七首见于《唐伯虎全集补辑》。由于唐寅诗文集为后人所辑，按十首一和的推算，其《落花诗》不应该是四十七首，应为整十之数，可能是后世在辑录的过程中有所遗漏。而且唐寅在抄录的过程中随时有所变动，因此目前所看到的墨迹与《六如居士集》所录文字均有所不同。

由于唐寅和诗中有"和诗三十愁千万，肠断春风谁得知"之语，因此，怀疑唐寅有可能是在弘治甲子春季前后，读到沈周的诗作之后，和诗十首，并作《落花图》呈沈周。后来，又复见文徵明、吕秉之等人唱和之作，情动于中，遂一气呵成，连成三十之数。以他的才气和文思，是完全做得到的。再后来，又累叠前韵至少在二十首以上，这样数目上与沈周的原诗基本持平。

另外，江兆申先生在《唐寅年谱》中将文徵明、徐祯卿、吕秉之、唐寅和沈周《落花诗》，均系在弘治乙丑（1505）条下。但是依据文徵明的跋，实际上应该是上一年，即弘治甲子，不知江先生何以为据？

# 一编《砚史》，往事分明存知己

## ——高凤翰、王相、王曰申和吴熙载诸事考

中国古代农业社会，素以"耕读传家"为传统，绵延数千年而不衰，其意义显然可见。"砚"作为象征性的"田"，自然是文人墨客一生心意之所托，无论是落魄不安还是春风得意者，其理想都一致。因此自古以来嗜于砚者不乏其人，若宋之米芾、清之高凤翰、金农、沈石友皆是沉酣于斯而如痴如醉者。

一

《砚史》，四卷，又称《西园砚史》，以别米芾《砚史》，高凤翰著。高凤翰，字西园，号南村，晚号南阜，山东胶州人，是"扬州画派"的主将之一（高凤翰是否"扬州八怪"之一，学术界尚存争议）。生平癖好收藏砚石，所得甚夥，李果《砚史》序云：

> 同学高君南阜，性嗜砚。所历山崖墟莽，荒林古宇，示之裁割、磨砺以成砚。自为铭辞，以篆隶行草

之法镌之。积久至百馀，合之昔人所遗，四方交游投赠，及索铭赞者，近三百枚，皆古雅可爱。间遇风月清嘉，辄手纸墨拓本藏之，已又载其本末，别为《砚史》。

由此可知高凤翰藏砚多达三百馀枚。自得之外，以四方交游投赠为多，然细审其跋，亦不乏赠人之举。其自琢自铭自镌，嗜痂之深，由此可见一斑。按李果所言，《砚史》之作，实为砚拓及"载其始末"的题跋两部分组成。从现存王相重摹本"收砚一百六十五方，所拓砚图一百一十二幅"来看，仅得其半，确为半途而废，即如其"史遂未竟而罢"（高凤翰《砚史》自序。生活·读书·新知三联书店出版社，2011年3月第1版）的自言。

高凤翰《砚史》原拓本已残佚，今所流传的全本为王相摹本。关于王相摹本之始末，后文自有详述，暂且不表。那原拓本除了前面所述，体例上遵依《史记》且不尽然之外，庐山真面目到底是怎样的呢？关于这，钱侍曾又云：

《砚史》原册，高七寸九分，宽一尺三寸四分，对合成册。图之宽者，褶叠既久，恐致坼裂，因展放装作推篷，又觉尺幅太宽，不免重累。将来复刻当稍为展放，高可九寸八分（准琴砚之长），宽可一尺六寸二分（其半幅准大瀛海之宽），中留折缝，仍可装作合册，较为简便。（钱钟吾《校勘〈砚史〉笔记》）

据此，知高凤翰原拓本为册页装，后来王相改作推篷装，尺寸亦略为增加，且"原本墨拓砚图，素册题字"，因此"主客顺从于黑白之分焉"。（王曰申《摹刻砚史手牍》，已亥年九月初七日札。中国美术学院出版社，2000年3月第1版）在拓法上，高凤翰似极尽其能："浓淡不齐，干湿不一，指沾墨拓，绢布包拓，拓法各殊。"（庚子年五月廿九日札）原拓本又似参以画法着色拓成，此可从钱侍曾《校勘〈砚史〉笔记》中得以印证："南阜参以画法，着色拓成，宛然逼肖。"另，王相跋语中亦略漏消息：

> 此砚原拓月轮，上半近砚池处淡拓，下半由渐而浓，清辉俨然，盖以画法参之也。（《砚史》摹本第三十）

由此足见，此书高凤翰是注入了极大的兴趣和心血的，半途而废，实是身心两疲，不得已之举。

关于《砚史》一书的缘起，高凤翰于乾隆戊午（1738）八月中秋所作《自序》，已说得甚是清楚：

> 南阜山人有志史氏而无所用，作《砚史》。窃慕司马子长之书，仿之作诸书、表、本纪、世家、列传。用以追踪龙门，少摅意见，不谓困踬蹭蹬，略无成就，而竟病疲以老，伤心自喻而已。丁巳得罪，又苦痿痹，史虽未竟而罢。粗装成册，藏之家塾，聊为他日墨城权舆云。

所谓"墨城权舆"亦当有别成一家，旨在抛砖引玉之喻。"丁巳得罪"，即指卢见曾一案的牵连。据《两淮盐法志》记载，乾隆丁巳年(1737)，在两淮盐运使任上的卢见曾在处理灶户(盐民)盐池所有权问题上，倾向于盐民，作出了"灶属商亭，粮归灶纳"的判决。因此得罪了当地官吏和盐商，流言蜚语顿起，乾隆不待真相大白，就于乾隆五年(1740)将卢见曾革职充军，发配至塞外。时高凤翰亦在扬州，受此牵连，五月患痹症，七月加剧，直至右臂病废。所号"丁巳残人"，即指此事，其内心之痛苦和愤恨可知。于世既然无所用心，遂寄情于《砚史》，故有"伤心自喻"之语，但最后还是因身心之故，"未竟而罢"，给后世留下了无尽的遗憾。

《砚史》的体例是参照《史记》的体例，其大略如是：

> 如泉砚、货布砚之属，入平准；海月清辉、邗沟紫铁之属，入河渠；八音钟砚、磬砚之属，入乐律；文昌宫、河鼓、斗杓之属，入天官；未央、五柞、铜雀之属，入本纪；文信国祠下古砖、胡安定祠耕夫所得片瓦，米海岳、陆放翁、刘念台、王文恪诸公遗砚，入世家，馀各依类入列传。(《史例》)

至于高凤翰以史为名，孔继镳在为重摹本所作的《序》中说得最好，可谓是旷代知音：

> 夫天子诸侯有国史以记言事，述善恶，寓劝戒。

士不获揩笏、珥笔，居柱下，悠悠岁徂，纳景瓮牖，耳目寒涩，喉舌退废，又不甘以摧颓不尽精气，委之劳落宽闲之野，此草莽丹铅为无用之用，而强以史名其家者，为可悲也。

高凤翰怀揣伤时不遇的一腔愤懑，故转而托物寄怀罢了。诚如王相跋所云：

> 自朱福以下，皆制砚馀材，不成方圆者，因其形以造就之，得心应手，无弃材矣。(《砚史》摹本第七十二)

感时伤怀之情，一览无遗。但事实上，《砚史》的编撰虽参照《史记》的体例，但并未完工。于此，王相的女婿钱侍曾云：

> 《砚史》原册，首未央瓦，次建安砖，仿《史记》之先"本纪"也；后幅如安定砖、泉砚、八音砚等，皆杂出其间，未尽依迁《史》之序。……盖山人病痹后，史事遂废，不暇次序，草装成册耳。(《校勘〈砚史〉笔记》)

当然，"病痹"，此是其一；然心境不佳，兴趣黯然，亦是其一。

据《砚史》中所示时间而言，"《砚史》始事于雍正壬子(1732)"。其中据款中可知，甲寅(1734)、乙卯(1735)二年所作最多，因此王相说："各砚纪年乙卯独多，盖先生制砚以是年为极诣矣。"此时的高凤翰虽"风尘牛马"，奔波不息，但毕竟尚有微禄。所以心神双畅最是艺术创作的关键，故甲寅、乙卯两年是其制砚的高峰期。但从庚子(1720)至壬子十二年间，却并无一砚入谱，难怪王相要猜测说：

> 自庚子至壬子十二年中，绝无一砚，想先生未作《砚史》之前，偶有拓存，其馀未入此史者，不知凡几，砚亦有幸不幸哉？

当然，这里虽然是说砚，但其实更是说人，替高凤翰抱屈不已。

## 二

王相对《砚史》发生兴趣，源于《画徵录》中张庚关于高凤翰所著《砚史》的描述，为之神往不已，他是这样和单廉泉说的：

> 此于艺苑中，前无古人，后无来者，藏之则人莫得睹，脱散佚则无别本。安得摹勒上石，拓千万本以公诸斯世邪？

单廉泉是高凤翰故里后学，与高凤翰后裔颇熟，于是回乡后，"谋于先生之裔孙"，竟然如愿以偿，得此孤本。

王相得此孤本之后，"遂决意付镂，遍觅善工，都不当意。"两年后，才得到太仓王子若，然其"所镂石，未及半"，竟一病不起；"又数载"，找到吴熙载，得其相助，"又经岁，乃易枣本以卒业焉"，一书之成，"先后垂十馀年"。所以道光二十九年（1849）曲阜孔继镲在为摹本《砚史》序中说："秀水王丈惜庵，亦南阜落莫之伦也，不靳心力，镂传是册，真有心人哉。"包世臣序中也说"（惜庵）为《砚史》一事专心致志以徐年，毁其家而不惜"，则真可谓痴耶。

王相，原籍浙江秀水，曾祖为宿迁同知，遂入迁籍于此。其酷嗜古籍及金石书画，家累世藏书颇多，至王相时收藏益富。其藏书印曰"为天地惜物，为朝廷惜贤，为祖父惜家声，为子孙惜阴骘，为家惜用，为自身惜福，为学业惜光阴，为年齿惜精神，为终生惜名节"，故号惜庵。

他先在桃源郑家楼建百花万卷草堂，《砚史》刻石即藏于此；后于宿迁城内的富贵街，建"倦圃"，叠山琢池，筑亭其上，名曰"浮槎亭"，登亭可远眺黄河风貌，藏书之所"池东书屋"，即在此亭之上商讨而得。他选辑、校刻之书颇多，如选辑清初至嘉庆间三百多家诗成《信芳阁诗汇》，四十函，堪为洋洋巨制；又遴选曹溶、周亮工、恽寿平、周篔、王士禄、高咏、邵长衡、吴嘉纪、徐昂发、屈复十人诗成《国朝十家诗选》，以木活字排印，今已成不可多得的佳物。详见萧新祺《宿迁王氏池东书库藏书纪要》（《古籍整理研究学刊》，1990年，第2期）。其在倩王曰申刻《砚史》的同时，还委托他代为购书（见己亥年十月十七日札）。

《砚史》摹本于原本砚拓重为排比，每帧均添"《砚史》摹本第几"云云，共计拓本百十二帧，砚百六十五方；高凤翰的题跋之外，且另增王相等题记数则，略作品评兼及说明。与原本相较，有所增益。首先，于卷首另增小像两幅。道光庚戌年（1850），王相游京师，杨翰太史偶然于他处见《砚史》拓本，于是辗转访至其寓所，说：

> 曾藏有南阜旧砚，砚背刻小像，砚匣有自铭，请以摹本赠君，勒之《砚史》卷内，不更一家眷属乎？（王相摹本《砚史》跋）

王相不禁为之欢喜雀跃，"遂两存之"。小像是高凤翰弟子陆敬于乾隆戊午年（1738）所摹：斗笠布衣，手捻长髯，作注目状。虽着墨无多，但却甚为传神。高凤翰自铭云：

> 颓以唐，激以昂；不痴不狂，亦谑亦庄。是为老阜之行藏。

高凤翰的一生，"风尘牛马，碌碌奔走者十年"，"漂泊江湖，浪迹吴越者五年"，"再病再起，支离卧榻者又二年"（《南阜山人生圹志》），因而，颓唐与激昂，痴与狂，谑与庄，三对反义词，似反实正，不但展示出其内心矛盾之冲突，也是其出没风波里的人生经验。于是王相听从杨翰之劝，以此"南阜山人小像砚"置之册首，以证一段良缘。

尤其神奇的是，当年王相"既购藏《砚史》本，复有鬻旧画人，携南阜自题小像来"。所以他不禁诧然：到底是"岂阜老知《砚史》所在，相寻至此邪？"还是"抑精诚感通，不以幽明隔邪？"冥冥之中，确乎似有天助。于是又请莲溪上人，将此小像缩摹入册，款题《云海孤鹤图》。置小像主人于水岸悬崖之上，古松之下，倚石俯观，远天惊涛拍岸，一鹤回旋，意蕴淡远，令人低回不已。高凤翰自题云：

> 寥天孤鹤，托迹冥鸿。回临绝峤，坐领长风。倘有成连刺船出没其中乎？

以此而观，惊涛绝壁无异于喻其生命历程中的种种磨难；而一鹤低回又宛似小像之主人。成连，即伯牙之师。传闻春秋时，成连教伯牙学琴已达三年，伯牙情志仍未能专一，于是刺船把伯牙送到荒僻无人的蓬莱岛上，使其从自然中悟得琴理。事见《乐府古题要解》。后遂以"刺船"为使人移情之典，而此处似可作"忘机"解。

《砚史》摹本又于高凤翰、李果两序之外，复增包世臣、孔继镳序各一；卷末另添吴庭飏、王相跋各一以及南阜山人生圹志铭、杨翰题诗。先贤、后学济济一堂，想必都是希冀传之不朽罢了。


三


王相"拟刻南阜《砚史》，历试江浙诸名手"，然"均无当意者"。因见万廉山《百汉碑砚》，对缩刻者王曰申甚是钦慕，于是通过铭山的辗转介绍，终于在戊戌(1838)年"重九前一日"接到了王曰申的第一封回信。从此王曰申开始了多灾多难的重摹《砚史》的工作，也展开了两人至情至性的交往经历。其中故事足以令人感怀令人动容，非一语可以道尽，且待慢慢说来。

王曰申，原名应绶，字子若，太仓人。"四王"之一的王原祁玄孙，奉母养老，不作远游，以鬻画鬻印为生计。画得家传，善山水，苍劲有致；书工篆、隶，得古人神韵；篆刻，得益于浙派，风貌介于二陈(豫钟、鸿寿)之间；尤善翻刻碑版，与原作不差毫厘，尝应万廉山之聘，以砚石百馀方，缩摹汉砚刻成《百汉砚碑》，形神毕肖，一时传为佳话。铭山替他在王相处应下重摹《砚史》的任务，一方面是出于王子若家境的考虑，一方面也是为王相物色合适的人选，其本意情吴下手民捉刀，而由子若修饰改观，这样既可减轻子若的工作量，也可以提高摹刻的效率。但王子若并不依从铭山，且事必躬亲，并云：

> 即以仆黾勉从事，亦必往就阁下，商榷体制，考定从违，然后独殚其目光腕力，不假他人一笔，不惜刻楮三年，庶几或有一当。(戊戌年重九前一日札)

自此，王子若与王相由铭山为鸿雁，音信往来，就选石、体制等问题一一探讨，以求尽善尽美。如其戊戌年十一月廿四日信札云：

所仿高西园研揭题字，弟意需用挖敛石摹刻。挖
敛石质细嫩如端，琢磨称心随意，易于毕肖。铭山因
挖敛石无此大小尺寸，故买青石交来，青石性硬不称
手。今寄上拓样一纸，虽形模已似，而微妙不传，殊
不惬意。可否改为册页半幅大小之石，则可用挖敛摹
刻，必当竭尽鄙能，较今此所刻之样，还可精胜。

信札中将选石之利弊，效果之优劣一一详述，且以样本为
证明，严谨细腻之处真是令人敬畏。所谓挖敛石，即巏村
石，是产于吴中的一种砚材，以音讹传，久之成挖敛：

> 其石质虽濡糯，一经磨洗镌镂，近人气泽，再经
> 椎拓时，纸墨中膏液浸润，日渐结实，愈揭愈坚。虽
> 榻千百本，不致改观。（已亥年新正十日札）

这是王子若刻《缩汉碑砚》所得的经验谈，虽不一定确
实，但易于传神确是事实。在摹刻的过程中，王子若务求
尽善，稍有不如意处即磨去重刻，而且为重摹《砚史》一
事，他谢绝一切应酬，专意于此：

> 是以弟自昨腊约定后，偏告同人，此后惟医事尚
> 可偶应，其馀书、画、篆刻之事，一切谢绝。总拟终
> 年穷日之力，专攻《砚史》，以早竣为望。（同上）

接着又云：

> 西园谓王庶老之痴可笑可爱，不自知其《砚史》
> 一块心血之痴可笑可爱，更不及知今日有吾二人之
> 痴，不笑古人而爱古人，不顾世人之笑，而望后人之
> 爱也。（同上）

此信札将两人与高凤翰砚癖、砚痴一脉相承的痴心暴露无遗。

毕竟靠书信来往，是无法将摹刻《砚史》的事讲述清楚的，于是自戊戌重九前一日开始，两人就约定见面，但时至第二年的二月还没有成行，主要原因有三：一是子若依照父母在，不远游的古训；二是是年冬季雪大寒冷，石料挖掘略有耽搁，以致子若的摹刻工作进展也略见缓慢；三是因为自从接了摹刻《砚史》的任务之后，子若全家的衣食全赖此项经费为接济，而王相的银信二月抄才发出。因此，原定二月抄上巳前的约会，又不得不往后推移。

谁知天不如人愿，从此以后，子若竟然陷入了人祸不断的境地，最先是老母生病，汤药侍候月馀之后，四月十五日，其母撒手人寰。至此时为止，大半年的时间内，子若摹刻《砚史》共计"勾样十六幅，上石九幅，修好六幅"（己亥年四月廿六日信札），遭此大劫，子若哀痛之馀，除了将修好六幅，又重加磨勘修刻之外，再无进展，并"将《砚史》原册及办《砚史》一切纸扎，归存一箱"（同上）。且其还要处理"诸亲族报丧问礼、往赋书件及旧交在官应讣告者，日夕不停笔，馀事可知"（同上），更何况心情欠佳，因此《砚史》之事不得不暂缓。

好不容易诸事告定之后，子若又与王相约定在其母七终之后面谈一切，但时至九月尚未能成行，究其原因是因为子若哀痛之故，咳血之宿疾连发三次，"是以屡欲出门中止，与夫石刻之不能力趱者"（己亥年九月初七日札）。子若的宿疾源于三年前的长子之丧，哀伤过度之故。而当王子若"贱体已愈，诸事粗毕"之时，他又考虑到"此时不寒不暖，正好奏刀"（同上），且十一月底又为"葬母之期，更恐归期有误"（同上），因此又不得不将面谈时间约为十一月底以后。

此数月间，子若在病、哀之馀，又将修好六石"逐字细加修改，功倍于前"（同上），以报答王相的知遇之恩。其间，两人之间所商榷之事又屡有变更，如王相本意是留一字不刻，以免他人盗拓，子若拟改为加一印或刻成拓传第几本一语；又子若本意不令他人介入，大约是身体之故，第九石便"用众工捉刀"，虽然他再三强调："仍与弟一手独刻无异"（同上），但毕竟已违初衷了，——即便是因身体之故，而逼不得已的。至十月十七日止，第十三石初稿完成，此时子若身体也似乎渐趋好转，于是他满怀希望以十日一石预算，估计不满千日即可完工。同时，子若还"有移家结邻以毕所事之想"（己亥年十月十七日札），但经"小仆归述北途水土，病妇、稚女闻之，怵形于色"（同上），此愿顿成泡影。而本拟十一月之后的会期，又因恩人芝翁亡故而变更，真是事殊难料耳。难怪子若要云：

相见之难，屡约屡迟，缩地无术，谭天莫扪，走

笔代面，不自觉其絮聒。或他日握手之时，转可相对忘言也。（己亥年十一月廿九日札）

己亥年（1839）自立夏至霜降这段时间，子若"逢节必发吐血之疾"，但令人高兴的是，"霜降后，夜梦一老人与语，醒后亦不省记。次日有一久别老友来，传一万验之方，服之，至立冬、冬至竟不复发"（同上），于是子若云，可能是"南阜默佑"之故吧。就这样，子若遂摒弃一切，专心致志地进行摹刻《砚史》之事，至庚子（1840）五月廿九日，他将摹刻情况告知王相：

计自昨腊月初至今春二月杪，刻得第十七至廿四共八石，不足三月九石之数者，则以金陵往还及度岁琐事而少一石之功。今春上巳别后，至此月二十三日，计八十日，刻得第二十五至三十及序例八石，固未逾十日一石之期。（庚子年五月廿九日札）

凡此皆可见子若奋起直追之勤奋。其间，子若因其母已逝，自此了无牵挂，为生计考虑，遂应江春涛之请，赴浦做官，但此事竟因是年除夕江的突然去世而未果。

庚子年二月，因王相的南来，两人终于有了生平唯一的一次见面，了却数年的夙愿。以他五月廿九日信札所云"别来三阅蟾圆"而言，两人相见的时间当在二月十五日之后，三月十五日之前；又同一封信札有"而上巳前，从者与万舍亲同时过寓，因两远客停三日功。上巳次日，仍

王子若《砚史》摹本第五

刻石不辍"之语，上巳为三月初三，由此可知，此次会面在三月初一，则合"停三日功"之言。

子若是敬事之人，且又收了王相的银信，但摹刻《砚史》的工作却一直不能按计划进行，为此子若甚是心焦，因此在会面之后的数次通信，他就工作一而再再而三地进行安排，以宽慰王相。本来约定的十日一石，一月三石之数，每每落空，子若只好以年内完成五十之数为定，计二百十刻廿石，并且再三说："黾勉以赴，当可如数如期。"（同上）为"舒贤主人之廑念"，至六月初，从第三十一石开始至五十，子若不得不改变自己一手操刀的方式，先亲自钩样本，再"悉付工刻划粗稿"（庚子年重九后一日札），再自己开手刻砚图，"砚图刻毕，再将全石蜡墨磨去，磨瘦匠笔，然后干手修字，每石皆是如此"（同上），按此做法，子若估计至"重阳可毕二十石之砚图"（同上）。

而这种做法，于子若而言，实是迫不得已之举：他自血症复发之际，"自念馀生，百无一营，惟石刻一事，朝毕夕死无憾"（同上）。因此，可以说他是拼将性命在做此事。七月十三日"呕血数升，十四、五、六日呕碗许，至二十日始止"（庚子年九月十七日），而"二十七日稍复动手"（同上）刻石，"至中秋前，复为老滑所闹"（同上），虽经调解，得一劳永逸，但子若已经被此事弄得"咳喘不支矣"，连回复收条的气力也没有了。因子若病笃，家人延僧做佛事，又复迁居苏州，这样本来满打满算的年底"刻满五十石之数，看来须展自年外"（同上）了。

数月间，子若一直"以痰嗽为常，血则遇天暖心烦之时，必大吐，一两日逐渐减少，至数日而止"（辛丑年闰月廿三日札），且"服诸药无益"。究其原因，子若自云有三：一是人事纷扰。其间不仅有衣食之忧，更有子亡母死的家庭变故。二是诸定刻石后，屡遭事故，导致工期延迟，因之留下心病。三是身体之故，血症频发。即便如此，子若犹自不辍，即如风雪昼晦，"夜燃两三白蜡修刻，而四围置火，助暖驱寒，夜夜习以为常"（同上）。

天不佑人，辛丑（1841）正月初四，子若血症又发，"忽然涌血如注，几两大碗，而汗出神脱，血亦自止"（同上），至"二月初，可以勉强握刀，止日中半日之功"（同上）。谁知三月初一，其幼子又患惊风，"至十六而殇"（同上）。遭此一劫，子若便不复再起，刻石诸项遂一一交付序东带回，归诸王相。

是年四月十五日，子若与世长辞，结束了其凄苦的一生。自此，历时两年零七个月的摹刻《砚史》工作，也告一段落。这是子若的不幸，也是《砚史》之不幸。

## 四

时光荏苒，转眼便到了道光己酉年（1849），王相以"未成之半，属之真州吴熙载"，且"易为枣板"（《校勘〈砚史〉笔记》）。吴熙载进展甚速，"越庚戌（1850），草草竣事"。自此，遂铸成一大错，吴熙载所刻"字画虽存其形，至砚图斑驳浑朴之处，全非庐山真面目矣。兼之熙载匆遽疏忽，手民不解文义，竟有款识错落，字画伪舛之处"（同上），真是有狗尾续貂之恨也。

吴熙载，字让之。篆刻名家，师事包世臣，于子若为同门。寄迹吴上，以写刻书版谋生。与金石学家吴云善，吴云所著多倩其手书上版，并请柏姓者镌刻，颇得时许（参见吴云《两罍轩尺牍》）。然其于《砚史》之作，自五十一至第一百一十二种及序、跋等，仅于一年之时，匆匆而成，实未尽心意，前愧对高南阜，后惭于王子若、王相。

而子若刻石未能完工者，则属扬州程静斋（恭）续之，另《南阜云鹤小影》、《砚背戴笠图》则为扬州李啸北（学白）所墨镌。至此，《砚史》遂全部完成，王相虽知狗尾不堪，亦以"刻资不给"，难于重新再复刻之。将就之际，惟于辛亥（1851）夏，请女婿钱钟吾"集同人于浮槎亭，雠校改补"(《校勘〈砚史〉笔记》),尽量减少伪谬。并仓促印制,以应同好。

　　从此天壤之间,高南阜《砚史》孤本,化身千百,流布人间。此实艺林之幸事也。

# 也谈《复堂填词图》

　　吴昌硕诞辰一百七十周年，各地与之相关的展事颇多，以纪念这位"后海派"的艺术领袖。其中有《复堂填词图》，上下题跋颇多，颇为引人注目。文字之间，甚有因缘可稽，其间故事申闻兄已在《世云文字有缘法》（《东方早报》，2014 年 4 月 20 日）一文中阐述甚多，兹不赘言。

　　此画原为吴昌硕投赠谭献（复堂）之物，后来辗转为章劲宇所得，据卷下章劲宇的题款"乙酉秋日"来看，此图章氏得于 1945 年前，即抗日战争结束之际。颇为奇怪的是，章氏自题要早潘天寿（1954 年秋）、张宗祥（1954 年小除夕）、夏承焘（1956 年 7 月 24 日）十馀年，虽然黄宾虹所题没有明确的时间可征，但不会早于 1945 年。可以推测，章劲宇得到此画之后，很有可能是先裱成三段，以便留待请人题跋。最先，当请黄宾虹题"复堂填词图"，无款，仅钤"黄宾虹"白文印，因此有后端的留白过多之憾。章劲宇在无锡国专有师从陈柱尊的经历，而陈氏与黄宾虹的关系颇为莫逆，现存两人之间的信札多达 150 馀品。至于章氏自题，是在黄宾虹之前还是之后，则不得而知了。此画经章劲宇珍藏十馀年之后，再依次请潘天寿、张宗祥、夏承焘等人题记，前后历经十馀年之久。1955、1956年前后，章劲宇因为生活困窘，先后将藏品或买或捐，此帧即在1956年后，辗转归于浙江省博物馆。

吴昌硕山水不多见，所见亦多纵横习气者，此帧清新之气可人，初看绝不会以为是吴昌硕之作。图中疏柳数株，烟云掩映之下有草堂二间，一人坐其中，当即谭献在填词。虽然笔力稚嫩，略显拘谨，然不失为精心之作，颇具味道。潘天寿跋云"虽苍古不及晚年，而淋漓秀发则有过之，至可宝贵"，即是此意。是图吴昌硕有先后题款两段："烟柳斜阳填词图，复堂先生命写。庚寅(1890)二月，吴俊同客沪上。"接着其又题诗一首：

> 复堂词料太凄迷，满眼蘼芜日影低。茅屋设门空掩水，柳根穿壁势挐溪。倚声才大推红友，问字车繁碾白堤。最好西湖听按拍，橹声摇破碧玻璃。苦铁又题。

是诗入《缶庐诗》，但却做了很大的修订："太凄迷"，作"何萧瑟"；"蘼芜"作"寒芜"；"才大"作"律细"；"车繁"作"车多"；"橹声摇破"作"酒船撑破"。吴昌硕对诗要求极严，观其手稿常涂乙满纸，可知其推敲之勤。自光绪十一年(1885)开始吴昌硕就常来往于苏、沪两地，且沪上也有寓所。查《谭献日记》"庚寅年"条下有"沪渎接吴菊潭(淦)、万涧民(钊)、吴苍石、倪云劬(鸿)。说剑传杯，倾矜抵掌，亦可云物外之游矣"（《谭献日记》。范旭仑、牟晓朋整理，《中国近代人物日记丛书》，中华书局，2013 年 8 月第 1 版）之语。而《日记》前一条则有"柳色依依，回黄转绿"之语，正与吴昌硕所绘"烟雨疏柳"之景相合，亦与落款时间"二月"相近。而《日记》下一条中还有谭献到吴昌硕家里观看古缶的记载，谭氏有"雷文致工"之誉，为当日"目治"四种之一。其他四种则分别为张樵野（荫桓）寓斋所见缪幼岑《使俄汇编》、吴菊潭案头所见《北极寺碑》拓本、凌子与寓楼所见凌忠介《与子书》墨迹。《清史稿·谭廷献传》说他"治经必求西汉诸儒微言大义，不屑屑章句"。因此，谭献虽年长吴昌硕十二岁，但彼此之间还是气味相投的。《谭献日记》中说蒲华（作英）也有同名之作，并云"不以斜阳烟柳布色也"，说不定对于这次同题之作，两人私下还有过"较量"呢。

谭献和吴昌硕二人的交往时间，据吴昌硕《石交集》云是在光绪十三年（丁亥，1887），当时谭献正从安徽来沪，已萌生去官锐意著述之意。《日记》"丁亥年"条下"沪渎逆旅十日句留，中寒骤病，决意驰牍移请去官"之语，可以为证。而正是吴昌硕为其作《填词图》的庚寅年，五十九岁的谭献接受时任湖广总督的张之洞之请，担任江夏（今湖北武汉）经心书院山长。因而此帧《填词图》当是谭献命题之作，是其即将实现之"山林腾笑，挂冠遗履，寻诗书之夙好"的理想生活的写照。《缶庐诗》卷四有《赠复堂先生》诗云：

吴昌硕《复堂填词图》（浙江省博物馆藏）

种柳红尘隔，填词白屋温。天宽容故我，地僻闭闲门。冷抱箧中集，凉开湖上尊。归来陶靖节，松菊想犹存。

此景此情，无不与吴昌硕为其作《填词图》之际相吻合。

谭献以学术、诗词著称，且自视甚高，如他对全祖望的文章就有"粗识藩篱"、"叙述不中律度"（《谭献日记》）之语。但于吴昌硕的诗，他却是颇为首肯，《石交集》中说丁亥年初见面时就"以诗就正"，谭献极为称许，说他的诗是傅青主、吴野人一流。《日记》"丁亥年"条下也可以得到印证："安吉吴昌硕诗篇俊削，剥落凡语，有傅青主、吴野人之遗风，与故人洞庭秦散之分镳齐轨，足当衙官屈、宋之目。""庚寅年"条下亦有评论吴昌硕诗之语："再览沧石《元盖寓庐诗》，稍薙一二支弱者。并世殊少此幽清箛筑之声也，同人勿浅视之。"谭献说吴昌硕的诗近于傅青主、吴野人一流，可谓是中肯的评价。谭献在《缶庐诗》序中说吴昌硕的诗属"文字之创获"，"其幽语而思则隽，险致而声则清，如古琴瑟不谐里耳"，便是"有傅青主、吴野人之遗风"的具体而微。

　　光绪十七年（1891）三月十八日，谭献抵上海，廿日，吴昌硕去拜访他，以新诗一卷，嘱谭献审定。同时又将谭献也在其中的"所刻印集模成谱，附'友朋小传'"（沙匡世校注《石交集》。上海书画出版社，1992年3月第1版），亦请谭献一并审定。此集谭献名之曰《石交集》，而杨岘则改为《应求集》，但谭献"仍欲改名《嘤求》也"。光绪十九年（1893），吴昌硕《缶庐诗》刊行，首即冠有谭献之序。此序谭氏作于光绪己丑（十五年，1889）仲冬，《序》中"与君别二年"之语，正与吴、谭二人在光绪十三年初见面的时间相吻合。

　　浙江省博物馆藏《石交集》稿本，前面也有谭献序，据手稿落款时间是光绪壬辰（1892）年，距此次面呈谭献审定的时间恰为一整年。谭氏《序》中"蚤廿年手镌之篆文，撰千里心交之别传"之语，展现出吴昌硕笃于友情的一面。甚为有趣的是杨岘《迟鸿轩文续》也有一序，题目仍作《应求集序》，与谭献《序》中"题曰石交云耳"针锋相对，读书人的顽固也由此可见一斑。

由杨伯润、吴伯滔先后于光绪庚辰(1880)夏日和光绪丙戌(1886)秋所作"芜园图"二图裱成的长卷，是吴昌硕的铭心之品，其间不但寄托了漂泊在外、侨寓他乡的故园之思，而且也展示其交游甚多、笃于友情的情感。卷后第七段有谭献题诗三首，此诗亦见《谭献诗》卷九，其三曰："古来闻傲吏，聊尔寄微官。芳草有歧路，酒杯无薄寒。文章分骨相，语笑出艰难。何日还山去，投君一钓竿。"此跋虽然没有具体的时间，但依据二人的交往时间，以及诗中"古来闻傲吏，聊尔寄微官。芳草有歧路，酒杯无薄寒"之语推测，该跋极有可能是题于丁亥。因为诗中的劝诫之意正与其欲去官锐意著述的念头吻合。

吴昌硕诗、书、画、印兼擅，但对其艺术却是"仁者见仁，智者见智"，尤其是对其绘画，褒之者认为他是文人画的殿军，贬之者以为满纸江湖气。这于艺术研究而言，是有失公允的，对于不同流派、不同风格的艺术作品，应当给予客观的评价，尽可能做到誉毁不偏。如果按照艺术造诣排序，个人以为吴昌硕印第一，画最末。他的印在五十岁前后就达到了"从心所欲不逾矩"的境界，四十九岁时刊行的《缶庐诗》中有一首《刻印》诗，不啻是夫子自道。虽然吴昌硕自云"五十学画"，其实他从事绘画的时间很早，现有三十几岁的作品存世，即是证明。吴昌硕的绘画六十岁左右成熟，以后逐渐走向程式化，习气显现，也就是贬之者说的满纸江湖气。寒夜无事，读画。掩卷后再去猜想画和文字背后的故事，真有种如对古人清谈的感受。

# 碧笺韵事又何论

## ——吴湖帆的书画鉴藏活动

以收藏而言，吴湖帆与潘静淑夫妇的"梅景书屋"可谓是近代海上的重镇，他们不但继承了苏州吴（吴大澂）、潘（潘祖荫）两户簪缨世家的部分文物精华，之后还千方百计地收罗铭心精品以丰富收藏。诚如他在《梅景书屋书画记》自序中所云："玩物丧志，贤者相戒，然避兵厄而友蠹馋，窃已自幸。况一艺之成，孰非精灵结撰，于恒河沙数中，共岁月而长存，视蛄菌春秋为何如耶。吾于几百年后遇之护之，不勤可乎，岂敢玩物云哉？"甚至他们所取的斋号和收藏有着密切的关系，如以家藏宋拓欧阳询《化度寺塔铭》、《九成宫醴泉铭》、《皇甫诞碑》、《虞恭公碑》，命曰"四欧堂"，并依次将子女起名为孟欧、述欧、思欧、惠欧，以应"四欧"；又以潘静淑三十岁生日时，其父潘仲午所赐的《梅花喜神谱》，额曰"梅景书屋"；又以所藏御赐先世玉华砚，颜曰"玉华仙馆"；吴湖帆购得隋《董美人墓志铭》碑帖后，特辟"宝董室"以珍藏，此种风雅与祖上是一脉相承的。吴湖帆鉴赏之馀，又精于绘事，早年与溥儒有"南吴北溥"之誉；后与吴子深、吴待秋、冯超然在海上有"三吴一冯"之称。他与张大千关系颇为密切,当代两位鉴赏大家故宫博物院的徐邦达和美国的王季迁均为其高足。

梁颖编校的《吴湖帆文稿》(中国美术学院出版社2004年9月第1版)收录了吴湖帆《丑簃日记》(1931—1939,其中阙1936年日记)《梅景书屋随笔》、《梅景书屋书跋》、《私识心语》、《吴氏书画记》(存九册)等著作。据梁颖《后记》云,是受"吴元京先生的委托,根据上海图书馆所收藏的湖帆先生遗稿以及书跋整理而成","这些手稿历经岁月沧桑,已残损不全,但它们难能可贵地为我们保留了艺术大师吴湖帆生活历程中一段真实记录,因而弥足珍贵"。的确如是,这些文稿成为今天我们了解吴湖帆的画学思想,鉴赏书画、收罗藏品的冷暖,以及其生平交游的极好资料,因此其意义自是不言而喻。范景中先生《一个文人画家的日常生活——吴湖帆一九三三年元月的日记》将吴湖帆作为一个旧式文人画家的典型,以1933年元月为切入点,揭示其生活中不谬风雅的一面,颇有意思,而本文则略述吴湖帆作为传统文人画家的书画收藏和鉴定。


一


于书画鉴赏,吴湖帆素有家学渊源,自是别具眼光,对于世俗的鉴定书画的标准多有讥议,如:

> 下午刘定之携来徐涧上仿吴仲圭轴,笔墨生动,

与王烟客仿佛，与普通落滞相者不同。定之云徐画市价以印章多寡为别，可笑也。此画有七印之多，验之果然。但涧上翁喜盖印可证也，一辈妄人居然以此为别，不问画笔好歹，真是怪事。若近日海上诸大收藏家津津乐道印章多寡，自夸鉴别之精，问以如何好处，古书古画何从可贵，皆瞠目不能语，皆凭得价之贵贱为标准，直可玩钞票为愈耳。大腹贾好谈风雅，其实目不识丁，何足以语书画妙处。（1931 年 5 月14 日）

其实书画鉴定，耳食者多，附风雅者多，真正能识得笔墨高下者少，所以世俗有以印章多寡论值，真可谓是缘木求鱼了。又 1933 年 1 月 29 日也表示了相近的意思：

张大千来，谈论观古画海上几无可谈之人，收藏家之眼光以名之大小为标准，一画以题跋之多寡、著录之家数为断，往往重纸轻绢，画之好坏不论也；骨董夥之眼光以纸本之洁白、名字之时否为标准，画之有意义无意义不懂也；书画家之眼光以合己意为标准，附合买画者以耳熟闻否为标准，此画之有无价值不识也。略记评语于后。

而据范景中《一个文人画家的日常生活——吴湖帆一九三三年元月的日记》中所引，此节尚漏却以下一段非常重要的"评语"文字，不知是手民之误，还是因为涉及对他人的评介而故意隐却：

庞虚斋：有经验，乏学识，自信莫当；

叶遐庵：胶柱鼓瑟，于画理不甚明了，完全以理想式鉴别耳；

赵叔孺：黏腻而质实，无推测判别；

王栩缘：太拘疑；

冯超然、宣古愚：偏见自信，强辞夺理，有时精能皆到；

何亚农：灵敏，乏真力；

蒋毂孙：大处有胆量，小处无真判断力；

夏咉庵：直学者之见，无鉴别经验；

潘博山：有学识，略少经验；

黄公渚：少经验，且自信；（按：此条为作者圈去）；

林尔卿：胆小无主张，有时有特见；朱镜波亦如此，魄力较林更小，主意更无矣；

袁珏生：一味夸大，刻而不精；

吴子深：夸大无学识，好弄颠倒；

彭恭甫：嫩极；陈子清、张毂年亦如此；

褚松窗：深于世故，不落边际，旁人闻之，真伪莫明；

陈小蝶：能而不精，有意识，少经验；

徐小圃：好大不懂；

徐竹荪：稳练，太胆小；

郭和庭：拘腻；郭企庭：乏主见，懦极；

徐俊卿：精而不辣；

高野侯：杂而不精，杭人喜夸；

孙伯绳：浮躁，全无意识（按：此条为作者圈去）；

吴仲熊：非大器，只懂得顾鹤逸、陆廉夫而已；
白坚亦如此；

陈渭泉：无识自信（按：此条为作者圈去）；

孙、陈、白皆不足道（圈去）；

江紫诚：极有经验，所差自己不能画；

馀如孙伯渊辈皆小有经验，太缺学识；周湘云等
直凭耳食，仅为自豪，一些不懂好歹耳；王伯元较周
聪明，然亦不懂，更无主见。

这几乎是当时上海收藏家的汇总，所谓的"评语"实是吴
湖帆和张大千两人共同品评的结论，语虽稍露，但至为中
肯，在《丑簃日记》中零零碎碎地也显露出来不少，范景
中文章中已经述及，不再赘言。杜博思、孔达之外，《丑簃
日记》中吴湖帆还对两个后辈表示了极大肯定，一是潘博
山，1933 年 7 月 23 日云"近世讲求帖学者绝无其人，博山
当可为发一线曙光矣"；一是张葱玉，1939 年 4 月 19 日云：
"葱玉年才廿六，所藏法书为海内私家甲观，而自书仿元人
亦自佳，洵少年中英俊才也。"甚至吴湖帆还准备"拟撰
《然犀录》，专以发揭前人著名伪迹为旨，以后人不至盲从为
本。虽所见有限，终比不说为妙，深知必有人反对，但尽我
良心为标准，决非妄攻人短也"（1937 年 4 月 5 日）。

吴湖帆对于自己的鉴赏眼光是颇为自信的，尤其是于恽南田画的鉴定：

> 恽画传世多纤弱，当时谓见石谷甘自退让，此语窃
> 有疑焉。恽之为人何等潇洒旷达，岂其画如弱女子哉！
> 今获此图(《茂林石壁图》)，始信恽画之真面，其纤弱一
> 种盖皆赝鼎耳。此画归蒋氏后不一月，复于津上得为石
> 谷父子作小卷二，亦绝品也。余自云于恽画所鉴不失，
> 未知世间巨眼肯余言否？(1933年2月13日)

当然他对恽画的鉴定如此自信，主要是来自实践，一是经
手过眼的恽画累累，如这帧《茂林石壁图》就是吴湖帆的
原藏；一是对恽画心摹手追，不断临仿。因此，鉴定恽画
也就百不一失了。其实吴湖帆的书画鉴定并不局限于恽南
田，确切地说他对元四家以降的明四家、董其昌、大小四
王以及吴历等书画的鉴定尤为精到，有着独特的心得：

> 董文敏笔甚健，书画皆勤敏，但不耐长卷大轴，
> 往往零星小册四页、六页者甚多，若巨制，率为
> 捉刀。
> 王玄照晚年代笔及伪本甚多，有薛辰令(宣)、朱
> 令和(融)、王石谷、高澹游诸子。王、高者代作；
> 薛、朱则多伪本也。薛画犷而乏韵；朱画弱而无气；
> 高画圆润，又失之淡薄；惟耕烟最为苍秀，然少磅礴
> 气。此玄照所以不可及处。

王烟客不喜设色，王玄照反是。就余所见者，烟客画水墨者十居八九，玄照设色者亦十居六七也。

南田四十五岁以前多画山水，偶作花卉，十不得一。晚岁多写花卉，山水亦十不得一二矣。早年题字学钟太傅，方阔沉着，晚岁参学褚河南、《兰亭》，飞舞流利，人人以为恽书佳处在此，余以为反不若早岁为妙。其门人范某专学恽氏晚年书，甚肖，不可不细察也。恽氏四十岁以前山水学石谷，其时与石谷往还最密，而心服王氏亦最至。往往二人合作，笔墨融洽处几不能分辨也。

江贯道学巨然可谓形神俱似，吴仲圭亦然。但仲圭绝不似贯道，此中最堪体会。（以上均录自《梅景书屋随笔》）

吴湖帆的弟子中，徐邦达得其衣钵，对于明清书画的鉴定尤为精到；王季迁则不受绳缚，特别是后来又受到了张大千的影响，所以对明清以前的书画鉴定反而显得游刃有馀。对于吴湖帆的书画鉴定，时人也是颇为心折的，如朱省斋《论画品及鉴赏》中云：

并世翘楚，自推"二张"。"二张"者，张大千、张葱玉也。葱玉夙富收藏，复精鉴别；大千则又为当代画宗，巍然祭酒焉；此外当推吴湖帆，既富收藏，又精鉴别，并擅绘事，夙为余所心折。（朱朴《省斋读画记》）

1937年4月1日至23日，国民政府教育部在南京举办了轰动全国的"第二次全国美术展览会"，从展览会的筹备会委员和审查委员艺术身份，参展艺术家作品分量，展览规模综合来看，这是一次整个二十世纪都无法逾越的美术展览会。吴湖帆在马衡的邀请下参加了南京故宫博物院书画展品的审查工作，这其实就是对其鉴赏水平最高的肯定，据《余绍宋日记》1937年3月13日条下云："傅皓秋来，持去所临《化度寺碑》一通，告余林风眠以不能得美术展览会之审查员为憾，潘天寿则以不能得一筹备员为憾，真可发噱。"而且作为亲历其事的书画鉴赏家，吴湖帆还给后世留下了一些弥足珍贵的文字记载，对于了解这次美展提供了一个当事者的感受和心得。

1937年2月28日："晚顾荫亭自京来，携翁瑞午同至，邀余（吴湖帆）赴京出席全美会审查会，专门检审古画。余固畏于出门，婉谢，而荫亭坚约甚挚，不得不应，然自问甚苦事也。"大约正是吴湖帆这种婉谢的态度，3月5日，南京故宫博物院院长马衡亲自到上海来和吴湖帆"商谈故宫博物院出品古画全美会目录"，并约他到南京出席审查赴展的古书画。18日吴湖帆到南京，下午到故宫博物院开始审查古画：

> 晨七时到京。滕石渠、顾荫亭、徐公肃、陈子清俱在车站相候。余及伟士、小鹅、博山、南洲等共驱五车至同乡会，恭甫尚未起身，稍息，至广州酒家点心。沈君匋亦至，乃携君匋等至其家，余与南洲二人

止宿焉。下午至故宫博物院，开始审查私家出品古书画，出席者杨今甫（振声）、溥西园（侗）、余越园（绍宋）、陈子清、彭恭甫、朱豫卿（家济）及余七人，顾荫亭（树森）为监事。至五时闭会，停止工作，乃携陈、彭二君，由朱豫卿陪同，至库房参观，又观古画若干件，另立如后。

审查办法，据《余绍宋日记》3月18日云："以审查员七人无记名投票行之，投票甲乙，甲留乙去。"接着，19日，"午后至故宫博物院审查工作，晤张大千。五时闭会后，大千向马叔平索观龙眠，仍由朱豫卿陪同入库，为伟士、博山、大千、子清、恭甫及余（吴湖帆）六人观名迹三种如后：唐卢鸿乙《嵩山草堂十志》卷；宋李伯时《免胄图》真迹；宋李希古《江山小景图》卷真迹"；20日，"上午到故宫审查。马叔平招饭于浣花酒家。叶楚伧约于家，为同乡之宴。下午仍至故宫工作。晚王雪艇宴于教（育）部，同坐亦五六十人，毕后，与雪艇略谈而散"；21日，"上午，故宫工作。王雪艇约至库房观此次故宫出品古画，在场有郭世五（葆昌）、汪旭初、刘海粟、杨今甫、滕石渠、顾荫亭、潘博山、徐伟士、陈子清、彭恭甫、马叔平、余越园、溥西园及组长朱豫卿、科员牛德明等陪同"。审查工作前后历时四天，21日吴湖帆"同小鹣、伟士、博山四人乘夜车返。博山在苏下车，天才微明"。又据其15日条下补记所云，此次全美展涉及的门类甚广，共有九个门类：第一部古籍图书，二百卅一种；第二部刻印，四十七种；

吴湖帆《云表奇峰图》（一九三六年）

第三部，美术工艺：铜器九十一种，瓷器一百五十四种，玉器三十三种，漆器三十六种，杂器七十种，图案三十八种，织绣十一种（旧、新都有）；第四部建筑图案及模型，十六种（新）；第五部雕塑，廿六种（新）；第六部西画，二百十五件（新）；第七部新书画，五百六十九件；第八部古书画，四百十七件；第九部摄影，一百三十件；又"中央研究院"特列三代文化，二百七十七件。

据《教育部第二次全国美术展览会展品目录》，这次全国美术展历代书画部分吴湖帆提供了《宋梁楷睡猿图》（实为张大千伪作）、《明沈周白头偕老图》、《明沈周唐寅文徵明书画合璧》、《明仇英仿龙眠白描大士像》、《明金本清飞白竹石》、《明吴尔成董少昌合璧真迹》、《明张尔唯山水》、《清吴伟业手书宴孙孝若山楼赋赠诗》、《清吴大澂匡庐瀑布图》；其弟子徐邦达提供了《元张渥仿龙眠居士九歌图》、《明陶成画菊花青菜双璧卷》、《明文伯仁御题雪景山水》、《明项圣谟仿文湖洲（州）暮霭横看图》、《清王时敏仿大痴层峦叠嶂图》；王季迁提供了《明姚绶秋江渔隐图》。现代书画部分则吴湖帆创作提供了《云表奇峰图》；王季迁提供了《荷花》；徐邦达创作提供了《唐贤诗意》。当然对于这样一次有规模的展览而言，肯定会有一些遗憾和不尽人意之处，吴湖帆在1937年3月16日补记中批评曰：

此次全美会收集品物，可谓荟萃大观，至于雕刻、西画等，余根本外道未便批评外，当以"中央研究院"之殷商文化一部为最有价值，大半前人所未见之发现。又木简数种汉人墨迹，确是有价值之文史，其他则古画也。古画之陈列法，虽以荆、关、董、巨、李、郭、范、崔依次而下，可谓美备，自有展览会以来未有之奇局，不独国内无与伦比，即备采全世界之古画，恐亦无此整齐矣。虽荆、关二画有人指摘，然自具相当程度，未可厚非也。惟私家出品，一因征集时间之太短促，二因藏家目光之逼仄，实属大误。但自清初以下，收集未广，缺额太多，具地位之作家遗佚不少，而不伦不类者滥厕甚众，此皆筹备时组织之缺点，实缘缺乏真正专家之指挥也。以若大一国家组织之会，名为有常务委员会任其责，就余所知，九委员中真能负责者，只顾荫亭、滕石渠二君。以此大会杂事丛集于一二人，岂不烦忙？即就陈列古画而论，入选之品往往不陈列，落选之品亦厕其间，此等于审查会之无用也。而陈列之事，其权属之他人，顾、滕二君亦无权指挥，岂非怪事。自开幕后，忽闻又取消常务委员会而重组管理委员会，又即常务委员九人组织之，换汤不换药，不知是何意识，又悉多加入一张善子君，何不即加聘张君为常务，而必欲改组？此所谓官样文章，与事实果无出入也，真令人不解。若顾、滕二君者，有责任而无权力，其烦苦可知矣。

吴湖帆由展览而及人事，指出其中存在的一些问题，不乏中肯之言。当然展览为人为因素所左右，也是难免的事。据吴湖帆《丑簃日记》1937 年 5 月 10 日条下"邦达携示所撰全美古画批评一书，多数万言，尚未细观，因留案头"之语，可知关于此次全美展的相关批评，其弟子徐邦达另有详评。该批评后来登在 4 月 27 日的《上海报》，吴湖帆认为"话至公平，攻击弱点亦颇有理，然当事者果难乎其为情矣"（1937 年 5 月 27 日）。而随后不久，即爆发长达八年的抗日战争，自此战火纷飞，民不聊生，不复再有如此规模的展事了。而且在此次展览会前后，据《丑簃日记》所云，另有苏州文献展览会、上海文献展览会等展事，以弘扬我国之文化，但这些展事也都随着战争而不复再续。因此而言，抗日战争的爆发实是割断了我国文化之传承之脉，可恨可叹。自此以后，故宫博物院的这些珍宝在徐森玉等人的主持下，开始了长达数年的大迁移，最终漂泊到台湾，被安置在台北故宫博物院。

## 二

关于吴湖帆和潘静淑梅景书屋的藏弄，吴湖帆《梅景书屋书画记》自序中说：

> 余年十三，课读之暇，辄好弄笔，渐知古人一点一画咸是心血中来，乃遇片纸只字，勉为珍惜，迄今二十余年。中复斥鬻画之余资，略事收罗，得二百余事，并将家遗残编重加整理，得十余事。

潘静淑《自序》则云：

> （吴湖帆）自甲子（1924）避乱迁沪后，所见名迹日夥，因此嗜书爱画之心日深。顾以先人遗藏除金石之外，书画已散，摩挲有限，乃就鬻艺所得，悉以收罗法书名画，每至倾囊，甚至典钗不惜也，故十余年来

> 所获唐、宋、元、明、清诸贤名迹几三四百本。复因
> 历岁荒歉，所入渐涩，不得已乃举之易米，如此则必
> 嘘唏忆惜者累日始释，是亦恒情也。

据残存《梅景书屋书画记》九册中，吴湖帆夫妇经手过眼的名迹甚多，如乾隆御府旧藏《魏钟太傅荐季直表》、《唐虞永兴真草千文卷》、《唐虞永兴破邪论墨迹摹本卷》、《后梁李霭之戏猫图轴》、《宋黄文节草书太白忆旧游诗卷》、《宋米芾多景楼诗册》，以及"明四家"、"四王"的精心杰构，多达百数，由此足见其收藏之富。

　　吴湖帆收罗藏品的过程中亦多可圈可点之逸事，如其铭心之品吴小仙《铁笛图》卷的收藏经过，就颇可见其痴情于斯的心理。初见此画在1931年5月25日，是友卿携来，乍见之下，吴湖帆的感觉是：

> 又吴小仙《铁笛图》卷，有祝枝山、文三桥、王雅宜跋，仿龙眠白描法，自在仇实父之上，画状元之称，洵非虚誉。其纸似粉非粉，似蜡非蜡，洁白可爱。

《铁笛图》"以宋笺粉本白描写杨廉夫铁笛韵事，一翁三姬，无不传神阿睹"（《铁笛图》吴湖帆跋）。友卿，即曹友卿，是上海"汲古阁"主人，吴湖帆所藏的稀世之宝《剩山卷》就是从他手里以巨资获得的。于是他请蒋毂孙作伐，6月17日"得蒋毂孙函，吴小仙画卷《铁笛图》酬

余价一千八百金"，这在当时也算得上是天价了；20日"到申，大雨。往毂孙处，携吴卷归。此为小仙画中第一"；7月2日"题吴小仙画卷'天下第一'之眉语"。珍重之情，可见一斑。

他的另一件藏品吴仲圭《渔父图》是1933年1月31日由张大千随郭熙《幽谷图》、宋元人集册一本、徐幼文《石碉书隐图》一同携示，由于"大千以归去时晚，遂将卷轴留吾（吴湖帆）斋"，吴湖帆因此"得饱看一宵，深幸眼福"：

> 吴仲圭《渔父图》卷，仿荆浩本，笔墨极佳，有吴瑾、陆子临、黄翩、辛敬、释如藩诸跋，皆元季明初人。去年在庞虚斋丈处见一卷，与此相同，题跋则不同，庞卷精神较佳，但余则疑之。今见此本，益信庞本非真迹矣。人咸以画不及庞氏本，然秀在骨，雅俗迥异，余定为真迹，大千以为然。甚矣，鉴画之难也。

幸好两卷《渔父图》都在人寰，足以让我们作一比较：庞虚斋卷，今藏于美国佛利尔美术馆；吴湖帆卷，则归上海博物馆。庞氏卷与吴氏卷相比较而言，除了题跋稍有不同之外，图像结构大致相近，但若以精神气息而言，确实要胜其一筹。很有可能是同一个粉本两卷不同的临仿之作。凡收藏家往往喜欢自以为是，不足为奇。总之，吴湖帆相信自己的鉴定眼光。2月7日"大千携莫云卿仿大痴画来"，因而决定"以金任君谟《古柏行》真迹及元王叔明、饶介之书画合璧卷，由大千经手易元吴仲圭《渔父图》卷"，并以为是"一快事"。自此，于己对客展玩不已，如是月10日：

> 是日大雪，校吴仲圭《渔父图》。庞氏藏式古堂著录本。款字梅花道人"梅"、"道"二字书不成字。"十馀年矣"之"馀"字，书误作"余"。"流光易得"之"易"书似"曷"字。"风揽长江"之"揽"字，手旁误不成字。"弄晓霞"之"霞"下半似"霜"非"霜"，似"霞"非"霞"。"酒缸侧"之"侧"字似到字而缺笔。"秖向湖中"之"向"字不成字。

按"是日大雪，校吴仲圭《渔父图》。庞氏藏式古堂著录本"句意甚含混，其原意是指以"式古堂"所著录的庞氏本校己本，而《日记》中却很可能隐却了当时有向庞虚斋借得其所藏《渔父图》之事。故标点当如下："是日大雪，校吴仲圭《渔父图》，庞氏藏，'式古堂'著录本。款字……"因为吴氏所列举的款字之误皆在庞氏本，此卷今藏于美国佛利尔美术馆，皆如吴氏所述。吴镇草书，法唐晋光，实不可以规矩绳之。13日，"徐俊卿来观吴仲圭卷"；21日，"夏映庵、赵叔孺同至吾家，专为观吴仲圭《渔父图》也"；9月23日，"时徐子邦达正在余处观吴仲圭《渔父图》也"；1937年3月9日，"途遇许源来，追踪至金城，要求观吴仲圭《渔父图》卷，此为仲圭存世第一画矣"。

1938年11月26日，吴湖帆从曹友卿手里将黄大痴《富春山居图》卷首节残本，钱舜举《蹴球图》，方壶小卷，杜东原横册，以及夏圭、赵孟頫等宋元横册四五帧，"一并收之，然所费殊骇矣"，其中尤以《富春山居图》残卷最为赏心，于是诸好共享："一月初，冒鹤丈、李拔翁、沈剑知同来，观大痴《富春图》。余病起无事，专以考据《富春》为消遣"；1939年1月28日，"昨刘海粟、林尔卿、陈小蝶、徐邦达、许姬传、汤令泽、张葱玉等皆来，观大痴《富春图》，以前异议处一致为之消释，均以为确切不易之《富春》原迹矣。……镜华摄影大痴《富春山剩山图》一帧及故宫所藏季氏本第一节，备制版连接装入大痴真迹之后，以符原迹，并摄痴翁原题字一段"；17日，"（吴诗初）四时来，要观大痴画，尚在刘定之，未装好也"；18日，"孙伯渊来。刘定之为大痴卷装成，用康熙红色古锦，殊觉堂皇庄严富丽"；2月19日，"六时雨中吴诗初来，专为观大痴《富春山居图》，并为题识王廷宾出处，甚妙甚妙"；22日，"下午携大痴画卷至王栩丈处，丈并借去王廉州及卢鸿草堂印本"；26日，"剑知、海粟、仲明等来，真意俱在观大痴《富春图》卷。新正以来，无日无人不索阅此卷，盖为'大痴富春'四字所摄人耳，余亦足以自豪矣"；27日，"沈澹成、龙榆生、王秋湄、彭恭甫、孙邦瑞、王选青来。据秋湄言，余所得之黄大痴《富春图》，当出时尚有陈仲美花卉一幅，有张伯雨题字，为邓秋枚所得。秋枚、秋湄皆见大痴，不知为真迹而未购云。秋湄见后大悔不止";3月1日,"曹友卿来,还庞虚斋借观之大痴《富春》卷";8日,"午后夏剑丞先生来观《富春图》,大加击赏。余索题诗,乃带去,云七日内必交卷";27日,"余历年所见,皆不可靠者多,惟前年庞莱翁所收之《富春大岭图》与余去年所得之《富春山居》焚馀残卷两件,皆著名剧迹"。自得之情,溢于言表。

书画鉴定,本非易事,前是而后非者有之,前非而后是者亦有之,其间需要辗转熟玩,方能悟得真趣:

> 归后为陈小蝶题宋仲温《书谱》卷子、唐六如《竹林七贤图》卷子。宋卷去年已见过,为一湘人携至沪上,咸目以赝鼎,遂无问津者,至岁暮方为小蝶购之。今重熟玩此书,颇佳,非伪也。物有显晦,理或然与?

收藏之事虽然是云烟过眼,暂得于己,但为之节衣缩食者有之,更甚倾家荡产在所不惜者亦有之。如1933年1月24日所云:

> 购得阮文达为吴荷屋书联,绝佳。联云:"散此湘编,爰还芳信;偶有佳酒,乃抚素琴。"句、书两绝,纸(暗花满地小寿字)亦洁净可爱。又沈石田金扇面一张,最老年之作,虽不工细,却苍劲有致,且沈画便面较唐、仇之深矣。囊中仅馀百番度岁,此去其八十四,仅馀十馀羊而已,可笑可笑,可怜可怜。忆

赌徒嗜樗蒲，登徒子好女色，若是而已。

又 25 日：

> 午张大千携杨龙友《水村图》卷来，喜形于色，
> 曰此卷为其旧物，昔年已渡海至日本矣，今忽购归，
> 且岁底穷于应付，东拉西扯而来，故更喜也。噫，余
> 与大千，可谓同病者矣。……余数年来今年度岁最
> 窘，一则时局影响，画况减色；二则年收特歉，支出
> 特强，故囊中羞涩，几于无法应付，乃不得不以所嗜
> 爱物为抵押品，直如诸葛亮斩马谡一样，忍痛了去。

张大千豪于收藏，一掷千金而不顾，艺林素以为佳话，殊
不知其也多"东拉西扯"之捉襟见肘时。所谓"时局影
响"，是指 1932 年中日之间的"一·二八"淞沪抗战。这
自然要影响到画家的"画况"，入不敷出也是难免的了。
因此当吴湖帆由"竹荪作缘，将郑所南《兰花》售于庞虚
斋，价五千七百元"（1934 年，1 月 27 日）之后，马上
"在王氏（文心）得八画，费二千六百馀元"（1934 年，2 月
19 日），以一饱收藏之欲。而碰到战乱等天灾人祸，所藏
之物也不得不易米，如 1937 年 11 月 25 日，"伯渊取去仇
十洲《长门赋》卷、董文敏《昇山湖图》二件，预备易米
之需耳"；12 月 19 日，"伯渊代余售去烟客《为奉山画》
及陆师道、仇十洲、董文敏（《昇山图卷》）、王麓台小联，
饶去邵宝字卷，共价二千元，真是李后主挥泪对宫娥，无

可如何耳。此款专为度岁之资，计亏损五百元以上，亦即生平第一大蚀本事。心殊闷损，然亦不能怪伯渊之不尽力，乃时事使然耳"等等。

《丑簃日记》中对当时海上艺术团体的活动多有涉及，是研究当年海上艺术史的不可或缺的珍贵材料，而这些雅集活动，其实也还是吴湖帆收藏、鉴定之事的延伸。如1933年1月9日："消寒画会第二集，假美术欣赏社，因胃病未去"；19日："晚在江小鹣处作消寒第三集画会"；29日："今晚为消寒画会第四期，在中国画会"；2月16日："商笙伯宴消寒第五期于古益轩"；19日："晚间则恭甫宴消寒第六集画会，在陶乐春"；28日："晚在陶乐春作消寒画会第七次"；3月9日："消寒画会第八次汪星伯宴客，未及去"；19日："晚同陈巨来至陶乐春消寒第九集"；29日："消寒画会在吴仲熊家聚餐，余以内子病未去"；6月7日："张大千补举消寒会于陶乐春"。之后，遂不见记载，不知是画会风流云散了，还是吴湖帆不再厕身其间了。

《丑簃日记》的撰写时间恰在1932年"一·二八"淞沪抗战和1937年爆发的抗日战争时期，正是国家存亡之秋，同时也是个人生活最不安定，经济最为拮据之时，而作为传统文人的吴湖帆等人犹自苦中作乐，不失风雅，借传统文艺遣怀。在不得已的情况下以藏品易米，其心也痛。同时还以画笔为武器，义卖以支持抗日，创作《海天落日图》以鼓舞民众的抗日热情。同时，《丑簃日记》中还保存了许多关于抗日战争的史料，是研究抗战史的珍贵文献，堪称是苏、沪地区的抗战实录。吴湖帆不但将当时各家报纸上的相关消息摘录收入，而且结合自己的所见所闻，由此可见他不是一味追求风雅，而是与普通大众一样是满怀同仇敌忾之心的，这在他的日记中，触目可见。日寇侵略对我国社会、经济和人民生活所造成的破坏极大，自是不言而喻。以文化而言，其摧残也是极大，而这较为隐性，不似敌机轰炸这般血腥。《丑簃日记》亦有揭露，如1937年11月22日，"又闻日运输舰四艘将南市书画古物、红木器具满载而归云云"之类的皆是。

《丑簃日记》以潘静淑的病亡而终结，吴、潘二氏以中表兄妹而成夫妇，在书画创作和鉴藏上有着相同的爱好和兴趣，可以称得上神仙眷侣了吧。故卷末所述吴湖帆在潘静淑故后为其出书画诗文诸集，并遍请诸友题咏，皆显示出两人之间的伉俪深情，令人叹惋不已。

# 关于黄裳先生

黄裳先生的藏书以明、清刻本，以及名人钞稿本为主，让人惊艳不已。同时，他还以一手"黄体"书跋享誉文坛，这是当代藏书家中所少见的。近年来他的文字一出再出，可知其"粉丝"绝非少数。他与"五四"以来的文坛诸子多有往来，如巴金、钱钟书、沈从文等，其中他与郑振铎、赵万里二人有相同嗜好，尤为莫逆，这在他的文章中随处可见。黄先生的藏书印颇为雅致，均为当时名流或高手所治，其中不乏他西泠印社的早期社员，这却是鲜为人知的。

一

黄裳先生的藏书据其自言，有书目可征，且他1974年11月在《来燕榭书目不全本》中所提到，实际上还不止一种：

> 余平日手写书目，前后不下十馀本。有专记善本者，有词曲专目，有清人集部目，今皆不存。此目写于十二年前，不分钞刻，不别年代，盖欲写一全目，后亦未竟厥业。群书既去，书目无存。欲写《云烟过

眼新录》，苦忆得五六百种，尚有未能记忆者，书名卷数、撰人姓氏，遗误不少。昨日偶理衣橱，乃于敝衣丛侧，见此残叶，存九十一番。得书近千五百种。盖历劫偶遗之物，约存三之一。善本几全未录及，盖只一二橱中之物而已。因手为装池，都为一册，取对《过眼新录》所记，大致无差。（《来燕榭读书记》。辽宁教育出版社，2001年3月第1版）

其藏书目可惜不容易看到，因此只得从书跋中窥其大概。黄先生的藏书多名人递藏本，如九峰庐、天一阁、澹生堂、士礼居、知不足斋、拜经楼、抱经庐、鸣野山房、海源阁、十丈花簃、嘉业堂、铸古盦、滂喜斋、振绮堂、言言斋、小绿天、明善堂的部分旧藏，都曾被其纳入囊中，书缘之厚，令人艳羡。黄先生淘书的足迹遍及全国很多地方，但沪、苏、杭、京、滇等地出现在其书跋中最多。如杨寿祺的来青阁，孙实君的修文堂，徐绍樵的传薪书店，郭石麟的汉学书店，陈济川的来薰阁，夏淡人的琴川书店，以及严阿毛、李德元，三槐堂、萃古斋、集宝斋等处。他所著的《清代版刻一隅》一书，就自己所藏清代刻本，论版刻之美及其风尚变迁，尤有独到之处，被当代藏书者奉为圭臬。

关于自己的藏书始末，黄先生在1983年再跋《瘗鹤铭考》中说得很清楚：

收书之始，惟重明刻。未几而喜钞校。其时故家书册零散市上，不能不选取其较稀有者，清刻狼藉如

158

山，无人顾问，尽入还魂纸厂，未能从容收取，真憾事也。后乃渐知其可重，所聚遂富，然已不及。丁酉（1957）从容收取，书价亦最昂，未几而文字之祸大起，书肆亦渐合渐并闭歇，更经十年离乱，旧书灰飞烟灭，市肆架上，乃更无一册可见矣。此书林一段小沧桑，即视为结末一叶无不可也。（《瘗鹤铭考》跋。《来燕榭书跋》，中华书局，2011年6月）

由明而清，黄先生的藏书转换，与解放以来各家藏书散落市肆有着极大的关系，然大好时机也仅限于1957年之前。之后，就开始转向寥落，正如他在1957年小雪前五日所得的《江村筒寄》中所云：“今年书市寂寞之至，余亦困于力，无能多收。”其实在黄先生收藏古籍之前，还有一段时光藏书“以五四以还的新文学为主”，直到抗战结束，他“仍以新文学书为主”。但自从所藏的鲁迅《域外小说集》初、二编和《会稽郡故书杂集》二种新文学“书林双璧”被人骗去之后，他的“兴趣转而注视线装旧书”（《来燕榭书跋》，后记），前后有十年光景，直到“文革”藏书被抄为止。

1980年以后，六十一岁的黄先生又重拾旧欢，开始收一些铭心之书。这在他的《庚申以后所收书目序》中略有说明：

三十年前余日以买书为事，几无日不得书，书市亦最盛。挟册归来则读之，考索其流源及转徙踪迹，登之簿录，举凡纸墨行格印记之属，一一记之。积久有十数巨册。自遭劫难，此事便废，而书市更寥落可怜，旧本亦几绝迹人间矣。自前岁起，少少出游。吴下、武林，皆曾数至。徘徊昔游之地，偶亦觏书林故友，亦间有以一二小册示余者。偶发兴亦买数种，如拾旧欢，时以自笑。篋中尚存此咸丰辛亥制红格旧笺三十许枚，即取以为簿录。旧书不多见，此笺亦未必一时用尽也。（《来燕榭读书记》）

由于是一介书生，黄先生买书之时，囊中羞涩也是常有之事，如他的《汲古阁书目两种》所说的以书易书便不止一例：

余初买书时兴致极豪，绝不问价，而尤好名家旧钞书，往往为人所愚。似此本为吴兔床手校本，藏印累累，一见即不欲舍去。估人要索重直，知余之不忍轻弃也，乃以旧本数百种易之，真痴绝也。去买此册时已三十馀年，旧本亦绝迹。时时展观，得少佳趣。甲子（1984）上元日，天色阴晦，似有酿雪之意。黄裳记。

黄先生藏书的品位，明显是受到了黄丕烈的影响。他不仅在题跋上刻意模仿"黄跋"，而且在品鉴上也与之一脉相承：

所谓玩物丧志、古董家数，殆难免此讥嘲，然犹贤于博弈也。今日博已禁断，弈则颇盛，并为显学。然则持此一卷书，赏其纸墨之光莹，刻工之劲秀，似亦非恶事也。暇当以此意发挥之，为板本学家张目。

（《诗翼》跋）

又如其跋《蔗塘未定稿》一书有"乾隆时人墨迹，二百馀年前旧物，精整如新，娟秀似美女簪花，一种静穆之气，使人意远。清斋展卷，日影正丽，茶香鸟语，研朱书此"云云，岂非品鉴家之语也？

关于黄先生的藏书有以下几端可以谈谈。如澹生堂旧藏所得颇多。他自1952年得祁承爜《易测》之后，"祁氏遗书源源而来"，于是他"竭力收之。不论丛残，不计刻钞，所得遂多"。以致在是年夏，他自得地说"收夷度手稿四种，澹生堂书余所藏可称美富矣"（《澹生堂外集》跋）。当然其间"亦有失收者，如明本《柳枝》、《酹江》二集，即为黠估所得，索价高，不能更出矣"（《易测》跋）。所以他在书跋中有"余得澹生堂藏书，上下凡五世。祁氏世泽清芬毕集斋中，岂非藏书绝妙之事乎"（《祁宗规奏疏》跋）的欣然自得之语。

黄先生于张宗子（岱）尤有缘分，在得到康熙刻本《西湖寻梦》五卷之后，又得到《史阙》稿本、《琅嬛文集》稿本诗，道光巾箱本《梦忆》八卷。而此番好事，都发生在辛卯年（1951）的二至六月之间，即他三十二岁那一年。

又天一阁旧藏，黄先生所得亦多，如他在1958年就说，"余所收明写本多矣，天一阁书亦不下百种"（《离骚草木疏》跋）。其中天一阁旧藏如《禄嗣奇谈》之类的道家书，他所得也"颇有数种"，且"半为明钞"（《禄嗣奇谈》跋）。据李开升先生在《黄裳藏天一阁藏书考》一文中所作的统计，黄先生所收天一阁旧藏共计 81 种，其中经部 3 种，史部 24 种，子部 29 种，集部 25 种。不可谓不多（《天一阁文丛》，第 5 辑）。

黄先生对"嘉靖本"尤有兴致，拟收百种，并由此斋号"百嘉室"。每得一佳本，他喜不自禁，如 1951 年他得到毗陵蒋氏翻宋刻本《陶渊明集》，就说"刻印甚佳，书品亦阔大可喜，牌记多至三四，亦可为百嘉中之上驷矣"（《陶渊明集》跋）。1955 年冬 10 月，他在书跋中说，不论品质的话，已"收嘉靖刻百部"，但是"剔去习见之册，必求书之秘、印之佳、收藏之有名者始入之录"，"所馀乃仅五十许本"。他还是甚为自信地说"假以数年，必能圆成此愿"（《白厓先生集》跋）。但在是年，他却又感到步履维艰，"百嘉"之数很难凑齐，这里当然是指铭心之品而言。因此他在张之象刻《盐铁论》书跋中抱怨说自己"拟收嘉靖本百种，近不复有。孤行之册绝不可见，因聊买此种充之。安知数十年后，即此种亦将绝迹书林耶"。跋此之后，他"不禁兴慨"（页 11）。但时至 1958 年，他还是感慨地说："余近久不收书，箧中'百嘉'尚不及半，故书日少，不知何日完成此愿？"

黄先生"喜收杜集，箧中所储都数十种。无宋元刻。最旧者明初刻集千家注本，徐紫珊家书也。又嘉靖许宗鲁净芳亭本，嘉靖济南刻王渔洋旧藏本，嘉靖吴门龚雷刻本。清精刻本最富，而以此残卷三册（赵宗建旧藏本）为最早"（《杜工部集》跋）。

另外，他"尝有残宋刻一叶、残明刻数十卷，亦黑口

162

旧板，俱移赠成都浣花草堂"（《杜工部诗集》跋）。

黄先生的旧体诗近于李商隐。他说自己"酷爱义山诗，搜异本不少"，然其所藏却以毗陵蒋刻《中唐十二家》本者最早，因此"剔出别装二册，以便讽玩。然强分六卷，未脱明人不知妄作之恶习也"（《李义山集》跋）。

黄先生说自己"二十岁前喜收词集，而佳刻绝少入目"。1948 年以后，"所好渐变，然偶见善本，辄亦收之"（《花庵词选》跋）。因此"多明刻善本及清刻零种"（《倚声初集》跋）。且以南陵徐氏小檀栾室旧藏为多。他在1955 年秋分前四日题《瑶华集》，有"余年来颇收旧本词集，初未经意，后乃肆力收之，所得不少。而江南旧家扫地以尽，以为不复能多得，今乃得此诸种，不禁大快。旧椠因缘，固未尽也"之语。是年 10 月，跋《听松楼遗稿》则云："余收女史集多矣，皆诗词，间有为传奇杂剧者，文集殊少见。于《春雨楼集》外，殆未之见。"1956 年跋《草堂嗣响》中也说："余所收清初诗馀总集甚富，都十许种。知其名目而未得之本，只《众香集》、《东白堂词选》等三数种耳，此亦其一。"1973 年跋《今词苑》则云："余箧中所藏词集甚富，总集尤多。"

黄先生还于"藏书家、画人、曲家遗集，每见必收，如澹生堂祁氏、天一阁范氏、古香楼汪氏，皆收藏颇富"，所以当他又得梅花墅许氏诸种，有"可胜欣幸"之语（《甫里高阳家乘》跋）。

黄先生"爱读明清易代时书"（《巳畦集》跋），故"藏明清易代时书甚富，多有异本。其间颇有秘而不传者。

多忠义遗集，亦有奸恶人著作。此三集及阮圆海集皆是也"（《张缙彦集三种》跋）。而这从他的《榆下说书》中颇可见其端倪。其中禁毁书也甚多。

黄先生藏书中"正经正史"所得不多，"以其卷帙浩繁，复鲜佳刻也"，但也于1952年谷雨前五日收得汪文盛刻百二十卷本《后汉书》一部，"为海虞赵氏旧山楼故物"（《后汉书》跋），此为其得《四史》之始。

黄先生"向不喜闵刻套板书"。1950年，他在《六朝文絜》中说："平生最厌凌、闵套印本书，若《李义山诗》之套印本，更等而下之，不耐观也。"到1952年，他说"年来只得《西厢记》一部，以其附图绝精也"（《礼记集说》跋）。

黄先生说自己"购书喜作跋语，多记得书始末，亦偶作小小考订，皆爱读之书也"（《来燕榭书跋》，初版后记）。他的这些书跋，以散文笔致所成，"随意挥洒，并不着意为文，而佳处自见"（《来燕榭书跋》，后记），因此被学界誉为"黄体"，风靡一时，追随者颇夥。近些年来趁着"黄裳热"，其书跋一版再版，其中不乏有精致者。如1989年6月齐鲁书社的《前尘梦影新录》是其第一部书跋的汇编，现在已经是一书难求了。2008年6月，广西师范大学出版社又将黄裳用毛笔手书于明清旧纸之上的手稿以线装本的形式精印。2008年4月，大象出版社也推出一部由手稿影印的《劫馀古艳·来燕榭书跋手迹辑存》。其书名不知是否出自《凫藻集》跋："此二种皆不全，然可珍，所谓'劫馀古艳'者是也。"所谓劫馀，自是书依然存于来燕榭者。黄先生在2008年10月由东方出版中心出版的

《惊鸿集》中说"这本《惊鸿集》可以说是《劫馀古艳》的外编，两者的区别所在是，这本小册子只是书去跋存而已"，可证。另外 1999 年 5 月上海古籍出版社的《来燕榭书跋》；2001 年 3 月辽宁教育出版社的《来燕榭读书记》；2005 年 3 月岳麓书社的《梦雨斋读书记》；2011 年 9 月，中华书局《来燕榭书跋》（增订本）则是黄先生书跋一版再版。其中《米燕榭读书记》，将其书跋归类出版，是其第一部比较全面的书跋汇编。《来燕榭书跋》（增订本）则是目前为止他最为全面的书跋汇编。还有 1992 年 1 月齐鲁书社的《清代版刻一隅》，及 2005 年 11 月复旦大学出版社的《清代版刻一隅》（增订本）中所涉及的都是黄先生藏书中的"白眉"，着实让人惊艳不已。

## 二

藏书印的历史应该比书画鉴藏印要久远，以印章之别名为"图书"似可知之，如唐李泌"邺侯图书刻章"、宋太宗"秘阁图书"、贾似道"秋壑图书"，皆是较早的实例。明清以来，藏书印尤为藏书家所注重，颇有令人目不暇接之感，明志者有之，告诫者有之，寄情者有之，详见范景中《藏书铭印记》。藏书家的心事，终涉复杂。但是藏书家之常用印往往还是以姓名、斋号或"某某藏书"、"某某斋珍藏记"之类为多。

我曾经与黄先生互通书信数次，曾言及其藏书印。蒙其不弃，示云："皆出陈巨来、许伯遒、唐醉石、王福厂

黄裳书跋及藏书印

手，为拙藏增重，幸甚。"（黄裳 2010 年 6 月 16 日致笔者信）陈巨来，别署安持，斋名安持精舍，西泠印社早期社员，有"刻印醇厚，元朱文为近代第一"之誉（赵叔孺语）。许伯遒，名闻铎，字伯遒，有"笛王"之称，亦精于书法、篆刻。曾为梅兰芳、程砚秋刻印，颇为精妙。唐醉石，印宗秦、汉，传西泠八家衣钵，是西泠印社的创始人之一。王福厂，名褆，字维季。工书法，精篆刻，亦是西泠印社的创始人之一。

黄先生深谙鉴藏印个中三昧，其《谈藏书印》中有一段话甚妙：

> 五十年前入京，道过天津，访自庄严堪主人，道藏书掌故，偶及藏书印，曾设一譬，以为绝妙，至今不忘。主人云："佳书而有名家藏书印记，正如绝代名姝，口脂面药，顾盼增妍。其劣印则似美人黔面，无可浣拭。"此语极确。数十年来，所见不少。于图记之精粗美恶，风格变化，少有所知，但不敢妄论。宋元朱押，存世甚鲜；朱明一代，浸渐大行；有清三百年，遂臻极盛。藏书印贵元人朱文，以其精整端丽，笔划纤劲，最宜卷尾书头，即钤于书叶中，亦不致侵字。白文印用者较少，似吴缶老、白石翁粗犷一路，更不多用。然其高下，亦正难言也。

藏书印与书画鉴藏印皆以细文细边为上，吴昌硕、齐白石粗头乱服一路，终究有黑旋风冒犯了李师师的感觉。于此，宋米芾、元陶宗仪皆是此中高手。如米芾《书史》说"印文须细，圈须与文等"；又"近三馆秘阁之印，文虽细，圈乃粗如半指，亦损书画也。……王诜见余家印记，与唐印相似，始尽换了作细圈，仍皆求余作篆。如填篆自有法，近世填皆无法"等等，书画印和藏书印实是一辙。陶宗仪《南村辍耕录》卷三十则说：

> 凡姓名表字，古有法式，不可用杂篆及朱文。白文印必逼于边，不可有空，空便不古。朱文印不可逼边，须当以字中空白得中处为相去，庶免印出与边相倚，无意思耳。字宜细，四旁有出笔，皆带边。边须细于字。边若一体。印出时四边虚纸皆昂起，未免边肥于字也。非见印多，不能晓此。

所以自元代以来，赵孟𫖯、吾丘衍所创"元朱文"即成为图书、字画鉴藏印的最佳模式，后世效法者颇多，直至近代，以陈巨来最为卓著，为此脉之集大成者。而这正是经吴湖帆的建议和帮助，在历览前代鉴藏印的基础之上而成此规模。

据笔者统计，凡见于已出版书册上黄裳的藏书印约有三十馀枚，如次：

"黄裳"，朱文，五枚；一朱一白，一枚；连珠，朱白各一；
"容"，朱文，一枚；
"容大"，白文，一枚；
"裳"，朱文，一枚；
"小雁"，朱文，一枚；

"裳读"，朱文，一枚；

"黄裳藏本"，白文、朱文各一；

"黄裳藏书"，朱文，一枚；

"黄裳鉴藏"，朱文，一枚；

"黄裳百嘉"，朱文，一枚；

"黄裳私印"，白文，一枚；

"黄裳小雁"，朱文，一枚；

"容家书库"，白文，一枚；

"黄裳珍藏善本"，朱文，一枚；

"黄裳浏览所及"，朱文，一枚；

"木雁斋"，朱文，一枚；

"草草亭藏"，朱文，一枚；

"来燕榭"，朱文，一枚；

"黄裳青囊文苑"，朱文，一枚；

"草草亭藏书记"，朱文，一枚；

"黄裳容氏珍藏图籍"，白文，一枚；

"黄裳壬辰以后所得"，朱文，一枚；

"来燕榭珍藏图籍"，朱文，一枚；

"来燕榭珍藏书籍印记"，朱文，一枚；

"来燕榭珍藏记"，朱文，一枚；

"来燕榭藏旧本诗馀戏曲"，朱文，一枚；

"黄裳珍藏图书印记"，朱文，一枚，黄裳手书
镌刻。


另外，遗珠想必亦有，且可惜既不及见原印和边款，故未

能一一辨别每印之作者，实是很可惜的事。然细审印风，以陈巨来所刻最多，如"黄裳藏本"、"黄裳百嘉"、"黄裳小雁"、"来燕榭"、"黄裳青囊文苑"、"黄裳容氏珍藏图籍"、"来燕榭珍藏图籍"、"来燕榭珍藏记"，皆似之。唯一可以证实的是"黄裳百嘉"，有墨笔印稿见于《陈巨来印稿》（上海书画出版社，2009 年版）。另"来燕榭珍藏书籍印记"、"黄裳私印"，则似邓散木所刻。邓散木号粪翁，亦是一代书法、篆刻高手。

黄裳的妻子即钞本《能改斋漫录》中所提到的"朱君光耀"，"小燕"大约是其小名吧。黄先生以"来燕榭"名斋，即源于此。夫妻兴趣相近，伉俪情深常见于书跋。如《来燕榭书跋》初版后记：

> 湖上吴下访书，多与小燕同游，跋尾书头，历历可见。去夏小燕卧病，侍疾之馀，以写此书跋自遣。每于病榻前回忆往事，重温昔梦，相与唏嘘。今小燕长逝，念更无人同读故书，只此书跋在尔。回首前尘，怆痛何已。即以此卷，留为永念，以代椒浆之奠云尔。

于此颇可知其一些藏书印文所含意思之大概。另不易解之数枚，则从其文章中亦可寻得蛛丝马迹，窥见其意。

如"黄裳百嘉"，则来自其"拟收嘉靖本百种"的计划（《盐铁论》跋）。藏家中发愿收罗百部嘉靖刻本的颇多，吴梅有"百嘉室"，邓邦述有"百靖斋"，陶湘有"百嘉斋"。其中以陶湘收罗最富，多达两百部以上。黄裳可与并列。

又"容家书库"，似拟朱竹垞"池北书库"。黄先生，姓容，黄裳只是笔名耳。

又"黄裳青囊文苑"，据其致笔者信有"昔吴枚庵曾有此印，因仿之"之语（黄裳2010年6月16日致笔者信）。吴枚庵，名翌凤，长洲人。诸生，工诗，家贫，以馆谷自给，尝手抄秘书至数十百卷无倦色。亦是一代藏书大家。"青囊"，即指《青囊经》，传为华佗所著医书，得之，可以活人无算。由"青囊文苑"可知裳老当年抱负之所在。

又"木雁斋"，乃南浔张珩（葱玉）家故物，为人盗卖。建国初，与"张氏藏书"印一起为其购于上海宣和印社。其始末详见黄先生《赵府刊医籍三种》的跋中：

> 上海解放之初，余于宣和印社得牙章数枚，雕钮精好，皆未刻。又得犀角印一对，文曰"木雁斋"、"张氏书印"。元朱文甚精，不似时物。"张氏书印"一钮，无所用之，只以"木雁斋"印钤之卷尾书头耳。又一年，游京师，遇吴兴张珩于团城，欢然交契。偶语及此，始知诸印皆渠家物，为人盗出者。因请葱玉允以"木雁斋"一印相贻，而取"张氏书印"一枚还之。又数年，友人见告，此印已落蠹吻，并藏扇一箧，俱化灰烬，葱玉不胜憾惜。又数年而葱玉下世矣。近有人议余家藏书多用"木雁斋"印，意在借张氏增重，可笑之至而无从辩之，唯付之一笑而已。

余岂赖蕴辉斋主人之馀光而行者耶？此本前亦钤此印，因著其端末以解世人之大惑，亦他年谈艺苑故事者之话柄也。辛亥十月初十日记。（《赵府刊医籍三种》跋）

又"黄裳壬辰以后所得"，壬辰，即1952年，离山雨欲来之时尚远，故还能悠游于故纸堆。是年，大约是黄先生以记者身份，漫游全国，所以为其收书最为得意之时。如是年冬日，他"随军赴浙东一隅慰问，演越曲祝英台故事于湖滨。时方严寒，一夕，雪花如掌，经行坊肆，访书于丰乐桥堍，过松泉阁，买得元板《范文正集》于主人许"，像这样的事，这一年想必经常会有。又如他在《张小山小令》中跋云："今年（1952）残腊，余为云间、武林、四明之游匝月，前日始归。"而这期间，访书肯定是免不了的事。恰巧他在《范运吉》书跋中就提到了这次四明访书之事：

去冬（1952）余游四明，卖书之肆皆识林君，亦皆钦服其目光如炬，能拔善本于丛残之中，余因访之于其家。告此书原本仍在，即嘱其检出携沪。今日始至。原装一册，刻极古雅，人间孤本也。倾囊付之，挟册而归，喜不可言。……癸巳清明日，黄裳记。

而在《澹生堂全集》书跋中则又谈及此次武林访书之事：

去岁（1952）残腊，余去武林。偶游旧肆，与估人

172

闲话，偶及澹生堂书故实。其书初散时，杭州诸肆方联营，即以高直收承煠稿本《两浙古今著述考》及彪佳《里居越言》。未几何时而营业大坏，此数书归石麟，转来余斋。此后石麟更来杭，捆载烬馀以去，此《澹生堂集》亦其一也。诸书余未见者有万历以后乡试录十册。余见而未收者有《万历大政汇编》、《东事始末》等。癸巳新正初八日，快雪时晴，展卷书此。

又"来燕榭藏旧本戏曲诗馀"，据书跋可知，是其收聚诗馀之专用印。

黄先生尝云"古书流传，多有钤记。好事者往往钤朱累累，或为长印累数十百字，絮絮道其心曲。从中每能窥藏书家心事，甚有趣也"（《谈藏书印》），实为夫子自道也。藏书之事，关乎风雅。精心挑剔藏书印，讲究信笺，到底是一种文化的衔接和传承。

# 跋

元季绘画由宋之写实转而为写意，直抒胸臆，格在逸品之间，余素喜之，偶有闲暇便煮茗读画，以勾稽其中轶事为趣，遂有这样一组文章。写马湘兰，则是源于《历史文献》中马湘兰致王百榖的几封尺牍，略有所感而成。关于唐寅，则是《书与画》杂志邵仄炯兄的命题之作。写王子若与《砚史》，则是因为读了毕斐先生整理的相关尺牍，为之感动，遂有钩沉其事的念头。关于缶庐与复堂的交往，是我关于吴昌硕研究的其中一篇而已。吴湖帆为近代书画、鉴赏大家，其日记的整理出版嘉惠于艺林良多，研读一过，遂拉杂成此小文。曩余与黄裳先生有过几次通信，其中偶及藏书印，观当下之风气，不觉有风流不再的感觉，于是草小文一篇，以为纪念。

这次蒙上海古籍出版社应允，将其灾诸梨枣，使之有"见示于人"的机会，这里要特向李保民先生致以深谢。同时还要感谢温菊梅女士、扬之水先生、王家葵先生、孟刚先生、谭然先生、刘晓峰先生以及妻子孟惠、女儿梅晔如。最后，要感谢责任编辑黄亚卓女士，她不仅认真仔细地为拙稿核对引文，而且指出其中的不少讹误，为拙书增色不少。

时窗外木叶绚丽如蛱蝶，纷落者若黄金铺地，缀树梢者，迎风摇曳生姿，让人倍感生命之闲闲，自然之静美。

梅松于甲午岁末